JN243580

# ドレス
## ――記憶をめぐる5つの物語――

北嶋節子

目次

# 海の止まり木

# 一

まだ五月の半ばだというのに、まるで真夏日のような暑さに悩まされた一日がようやく終わろうとしていた。

どこからともなく湧きおこってきた黒い雲が頭上を覆いはじめ、あわただしく飛ぶように流れていく。しだいに暗雲は厚みを増し、空全体に微妙な筋をつけながら、ときおり灰色の空をのぞかせて絶え間なく動いていた。その下をカモメや海猫が甲高い声でけたたましく鳴きながら群れ、飛び交っている。

もっとも海沿いの町では、暗雲の下で沖の方から海鳴りが聞こえたり、高い波が押し寄せるしけの状態になったりすると、何かしら異常現象を感じ取る能力を多くの人が持ち合わせていた。

「克っちゃん、これはザーッときそうだよ。もう店じまいした方がいいんじゃないか。空がどんどん暗くなってきているし、海が荒れてうなっているからね。これは大しけだよ」

右隣の海鮮レストランの店長の三枝史郎が海堂克己の『焙煎珈琲・止まり木』珈琲店に急いで入って来るなり言った。史郎は海堂と同世代の六五歳。飲み仲間でこの商店街では古株である。大きな眼に愛嬌のある男で、恰幅の良い身体にきつそうな青色のエプロンをしている。ユーモラスなイセエビのイラストがエプロンには描かれていた。

「ああ、史郎か。どうやら、春の嵐か台風らしいよ。今、北九州の方は暴風雨になっているらしい。テレビで関東地方にも近づいてきているから警戒するようにとニュースで知らせていたよ」

「どうりで……今日はこんな天気じゃ客は来ないだろうし、商売はあがったりさ。克っちゃんの店はどうだい。見たところ誰も客はいないようだが」

「ああ、四時ごろからばったり客は途絶えてしまってね」

海堂は鳩時計の針に視線を移すと、思わずため息をついた。もうすぐ六時になろうとしていた。そのとき雨が激しく降り注ぐ音が太鼓の乱打ちのように天井から聞こえてきた。

「おっと、きたあ」

海堂が驚いた声をあげると、史郎が言った。

「まったくね。この雨と風じゃあ、ゆっくりしてられないと誰しも思うだろうよ。まっいいか。さっさと店を閉めて、どうです。ちょっと俺の店で一杯やりますか」

黒いエプロンを外し青いポロシャツ一枚になった海堂の方へ視線を移して、三枝は右手で一杯ひっかけるしぐさをした。

「おう、いいですね。俺のバーボン、史郎の店に残っているかな」

「もちろんだよ。克っちゃん、じゃ店に行って準備してるよ。待ってるから」

史郎は雨脚の強まった戸外に「おう」と叫ぶと勢いよく飛び出して行った。

二人で飲むときは海堂は店を早くたたみ、史郎の店で飲む。酔いつぶれたら、自分の店に戻り、二階の屋根裏部屋で眠ることにしている。海堂にとっては、貴重な骨休めのひとときであり、至福のときでもあった。ときおり、左隣のクリーニング屋の若い店長が乱入してくるというハプニングもあり、賑やかになる。

海堂が営業中の札をかたづけて、店じまいにしようとしたとき、ドアの向こうで何人かの荒々しい足音が響いてきた。

「あら、まだこのお店、やってるかしら」

どことなく幼さの感じられる切羽詰まった声がしたかと思うと、どやどやと女子中学生の一団が入ってきた。みな全身ずぶぬれで手にしている傘からもおびただしい雨水が滴っている。

「ああ、まだやってるが……おお、みんなずぶぬれじゃないか。すぐに拭かないと風邪ひくよ。ささ、荷物を置いて……」

海堂が慌ててカウンターの奥からおしぼりタオルとフェイスタオルを六、七枚ほど探してきて、中学生たちに次々と投げて渡した。

「ああ、すみません。ありがとう」

向かいの図書館に来ていた中学生たちで、全部で六人だった。ひときわはきはきしている中学生は海堂も顔見知りの倉田由美子である。由美子は海堂に近づくと周りの中学生に比べて身体も一回り細く、いかにも幼そうな顔の子どもをそっと指さしてささやいた。

「マスター、わたしたちね、図書館にいたんだけど、もう、美佑ちゃんたら、雨がひどくなってきたらいきなり、大声出すからわたしたち学習室を追い出されてしまって、飛び出してきたのよ……」

「そう、大変だったね。六人全員、倉田さんのクラスメートなの」

海堂が尋ねると由美子は声をひそめて言った。

「ううん、その子だけ、個別級の子」

障害のある個別支援級の子だと由美子はさりげなく説明した。自分と家も近いのだと言う。美佑と言われた女の子は由美子の方へ視線を移すと泣きそうな形相をした。自分が何か嫌なことを言われているらしいことはわかるのだろうか。ずっとその子の世話を由美子はしているのだろうと察せられた。

海堂は痛ましいと思い、押し黙った。

「でもさあ、由美、美佑がパニクらなければ、わたしたち、もっと歩けないくらい、この雨がひどくなっていたんじゃない。今、スマホで天気予報検索したら、台風だって。瀬戸内海に上陸しているらしい。早めに出てきてよかったんじゃない」

自分の拭いたタオルを美佑に渡した別の中学生はそう言って立ち上がった。美佑の水の滴っている髪の毛をつかむと、そっと拭きはじめた。

「ああ、香織。それもそうね」

由美子もほっとした表情でつぶやいた。

海堂は彼らのために、ホットミルクを手早くつくってカップに入れてきた。

「倉田さん、ホットミルクでいいかい。こんな時だからお代はいらないよ。これを飲んで身体をあっためるといい。ああ、牛乳が苦手な人は紅茶でも入れるよ」

「すいません。そんな……いいんですか」

由美子はリーダーらしく、大人びた口調で聞いた。海堂は笑って手を振った。

「いいんだよ。君らは中学生じゃないか。遠慮することはないよ」

海堂が身体を拭き終わって、椅子に腰かけている中学生たちに湯気の立ったミルクカップを配ると、みんな押しいただくように両手で包み込むようにして受け取った。

「マスター、大丈夫。ここには牛乳飲めない人、いないからね」

由美子が六人の顔を見回して応じた。

「美味しいー。ありがとうございます」

「ああ、生き返るう」

「あったまるう」

口々に言いながら、中学生たちが熱々のミルクをすすった。美佑が危なっかしい手つきでホットミルクの入っているカップを持ち上げた。カップの重みに耐えられないように手も震えている。

「美佑、こぼさないように気をつけてね。火傷するよ」

由美子が心配そうにささやいている。海堂も心配そうに見つめた。こぼして火傷でもしたら、ここでもきっと、泣きわめいてしまうだろうと不安になった。

「がんばって、美佑。きっとできるからね」

「ほうら、力入れて。美味しいから、みんなも飲んでるよ。もう少しだよ」

もう飲み干した中学生たちが美佑の周りに集まってきた。誰も手を貸さない。それでも美佑は見守られてにこにこと嬉しそうに笑った。

――ああ、うまく飲めなかったら……。

海堂は息がつまりそうになった。見るに見かねて背をむけたとき、不意に拍手が起こった。

美佑が空のカップをテーブルに置いた音が響いた。振り返るといつの間にか由美子も笑顔で拍手している。

由美子が真っ先に携帯から家に連絡し、母親が車で迎えに来ることになった。美佑の母親にも別の生徒が連絡して迎えを頼んでいた。

間もなく二台の車が到着すると、六人の生徒たちはそれぞれ乗り合わせて、帰って行った。


海堂はこのまま店を閉めようとした。史郎も準備して海堂が来るのを待っているだろうと思うと気がせいた。出窓や扉に激しく叩き付けてくる雨脚の音を聞きながら、慌てて片づけ始めた。

「ごめんよ」

唐突に海堂の背後に人の気配がし、ドアが荒々しく開かれ、外の風雨の音が耳をつんざいた。海堂が振り向くと外の木々が枝を大きく震わせて、今にも倒れそうに大きく揺れているのが見えた。ビューービューーとしきりに波や風の音も聞こえて、先刻よりずっと風雨が激しくなっているのが店のなかにいても伝わってきた。

　青いブルーシートをまとったように見える全身ぬれねずみの初老の男がいきなり駆け込んできた。

「海堂さん……しばらく」

　しずくがしたたるブルーシートと見えた青いビニールカッパを脱ぐと、黒っぽいスーツを着た肩幅の広い精悍な感じの男性が頭を下げた。

「えっ、あなたは……まさか」

「氷見です。氷見浩一。淳子の兄の」

　海堂は慌てて開け放しのままになっていたドアを閉めに行くと、そのまま呆然と立ちつくした。

「どうして、こんな日に……」

　心なしか覇気がなく、沈んだ顔で困惑して自分を見つめている氷見の思惑が海堂には、どうにもはかりかねた。

「悪いがちょっと座らせてくれないか。身体がすっかり冷えきってしまった。俺ももう古希を迎えたもんだからね」

「ああ、気がつかないことですみません。今、温かい珈琲を入れますね。取りあえずこちらにどうぞ」

海堂はカウンターに近いテーブル席に氷見を案内した。今頃なぜ、しかもこんな嵐の夜に突然姿を現すなんて……なんて間が悪いんだろうと思わずにはいられなかったが、海堂はおくびにも出さずに笑顔をつくった。

「ああ、すまないが紅茶の方がいいんだが。わがままを言って悪いが、胃の調子がいまいちなんで」

「おやおや。では紅茶にしましょう」

海堂は白い紅茶ポットに湯を注ぐと、ティーカップと焼き菓子のマドレーヌを皿にのせて運んできた。

氷見が顔をあげて言った。

「すまないね。こんな日に突然来てしまって……実は……妹のことなんだが」

突然、海堂は電光に打たれたように胸の鼓動が早くなるのを感じた。今まで心の奥深くに沈めていたものが微かに悲鳴をあげながら、首をもたげたのに気づいた。それを悟られまいとうつむいて紅茶をポットからカップに注ぐと、氷見にすすめた。手がわずかに震えた。

「ああ、すまないね。ありがとうよ」

そう礼を言うと、氷見は早速熱い紅茶をすすった。

――ああ……でも、それはもう……。

四〇年も前のことだと心のなかで海堂はつぶやいた。今さら、どうなるものでもないと、長い間自分に言い聞かせてきたはずだ。海堂が今は亡き父とともに氷見家を訪れたとき、帰り際にこの男は玄関口まで追ってきて言ったのだ。もう二度とあんたとは会うこともないだろうと。思わず飛び出して海堂に縋りつきすすり泣いた妹を力づくで引き離すと、むりやり音を立てて玄関の扉を閉めた姿を俺はただ見ているしかなかった。

冷たい風の吹く秋の夕暮れで、枯れかかったヒマワリの花が、道端で風に煽られて揺れていた。

氷見はほとんど白くなった髪をおもむろに右手でかき上げると小さくため息をついた。言いにくいことを言うときの昔からの癖である。

「急なことで、連絡もできなくて済まなかった。だが、淳子もあんたには最後まで知らせないでくれと以前から俺に言っていたんだ。年老いた姿をあんたには見られたくないと言って……」

薄紫の小さな風呂敷包みをカバンから取り出すと、色褪せてはいるがほとんど使われたことのないような、ていねいに折り畳んだ白のハンカチと熊をかたどったガラス細工のブローチを包みから取り出してテーブルに広げて見せた。ハンカチには「K」と「H」の金糸の刺繍が並べて施されている。

「この二つをあんたに渡してくれと言って、旅立っていった……妹はとうとうまだ独り身のまま。五九歳、還暦前だったよ」

「淳子さんが……」

「そう、二週間前だ。胃の末期がんだった……まさかと思っているうちにどんどん衰弱して、痩せて……もう見てられなかった」

見覚えのある白のハンカチは大学一年の淳子が、卒業する三つ年上の海堂に記念に贈ったものだ。白いハンカチの「K」と「H」の二人の頭文字は淳子が金糸で刺繍したものだった。海堂は衝撃を受けて言葉を失った。眼を合わせまいと、氷見が飲みほした紅茶のカップに眼を落とした。

「もう一杯いただくよ。身体がすっかり冷え切っていたから熱い紅茶が美味しい」

そういうなり、氷見はまだ温かいポットから紅茶を注いだ。

その手の動きを海堂は呆然と見つめていた。

――この男がここに来るなんて。

唐突でまったく信じられない気がした。海堂はめまいを覚えて氷見の向かいに腰を下ろした。するとこ四〇年前の出来事がまるで昨日のことのように、前触れもなく眼前に広がった。

「克己さん、卒業おめでとう。たった一年しか大学でご一緒できなかったけど、これからもずうっと一緒にいたいから、このハンカチにわたしたちの頭文字を縫いつけました。こんな子どもっぽいプレゼントでごめんなさい」

大学からもそう遠くない馴染みの喫茶室で、あのとき淳子は頬を紅潮させて、恥ずかしそうにうつむきながら小さな薄紫の風呂敷に包むと渡してくれた。

「淳子さん、ありがとう。大切にするよ」

そう言って、海堂は微笑みながら受け取った。淳子は海堂の顔をじっと見つめた。そして、不意に立ち上がると、海堂の右手をつかみ自分のすべすべした両手で包み込んで、少し赤く染まった頬に当て、一筋の涙を流した。海堂の手の指の間に淳子の涙が沁みとおってきた。

「淳子さん、どうした」

海堂は左手をそっと淳子の掌に添えるとささやいた。恋人の卒業を祝う気持ちよりも、明日からはキャンパスでは会えなくなるという恐れで、淳子の胸は張り裂けそうだったのだろう。海堂はそれがわかっていながら、淳子の掌が戸惑いつつ自分のそれと離れていく様を言葉もなく眺めていた。そのとき海堂はもう淳子と会ってはいけないのだと思い始めていた。

「そうはいっても、妹はやはりあんたに一目会いたかったんだなあと俺は思ったよ。この二つの遺品を眺めたときにとんでもない後悔が突然湧きおこってきて､俺を苦しめた。俺は海堂さん、あんたに嫉妬していたのかもしれない。俺にとって淳子は、たった一人の妹だったたからな」

氷見の言葉で海堂は我に返った。

――やはり……。

淳子は自分に渡したハンカチと同じものをずっと持っていてくれたのだ……。と海堂は瞬時に理解し、何とも言えない悲しみに胸が絞めつけられた。

外ではまだ台風の風雨の音がひっきりなしに聞こえていた。午後九時を回って普段の人通りの賑わいも消え、遠くの海鳴りの音も不気味さを増している。

氷見は口を閉ざしてうなだれた。息づまるような沈黙が二人を包んだ。

海堂は一方で、この突然の訪問者には自分の眼の前から一刻も早く姿を消してほしいと思いながらも、気まずい空気を和らげようとテレビのスイッチをつけた。相変わらず台風情報がどのチャンネルでも流れていた。台風はかなり速度を上げて、日本大陸を上陸して行くらしく、天気図で見ると、能登半島をめざして日本海に抜けるようである。今は和歌山の上空に留まっているらしい。

――台風さえ来なければ……。

落ち着いたら、引き取ってもらうんだが、と海堂は再び思った。

この状況のなかを追い返すということは、たとえどんなに憎い男であっても、海堂にはとてもできないことだと思えた。

「この台風大きいねえ、氷見さん、どおりで風も雨も激しいはずだよ。ところで今晩はどこにお泊まりですか。まさか、この嵐のなかを帰るわけには……」

海堂は気象予報士の解説に耳を傾けながら、不安げに声をかけた。

「うーん、ついさっきまでは最終の北陸新幹線で帰ろうと思ったんだが、まだ能登に向かっているらしいね、台風のやつ。新幹線もあちこちで止まっているらしいし」

「この嵐じゃあ……台風が通った後に明日、お帰りになるのが無難でしょう。明日の朝には日本海に抜けると言っているし。氷見さん、お宅は大丈夫ですか。台風直撃だと心配ですね」

氷見家は淳子の兄が家を継ぐのだと海堂は、以前淳子から聞いていた。

「ああ、うちは海辺ではないし、高台だからね。心配はないと思うが。ただ、ここに来る前に駅で切符を買おうとしたら、新幹線は止まっているし、今晩は無理でしょうと言われたよ。しかたないから古い知り合いのところに泊めてもらうつもりさ。海堂さん、連絡もなしに突然来て、ほんとに悪かったね」

時計を気にしながら、氷見は立ち上がるとまだしずくが滴っている青いレインコートをつかんだ。

風雨はさらに勢いを増している。

「どうだろ、俺も今晩はもう自分のアパートに戻らないで、ここで泊まるから、狭いが二階は畳の部屋が二つあるから氷見さん、よかったら泊まって行かないかい。明日の朝、モーニングをご馳走するから、それを食べて帰ったらいい」

氷見の帰り支度をぼんやり眺めていた海堂は静かにきりだした。

「いいのかい。あんたは俺を憎んでいたんじゃないのか。淳子との縁談をこわしたこの俺を。俺はあんたに恨まれても仕方のない、親切にされる資格のない男だよ」

つらそうに嘆く氷見の顔を見ずに、海堂は携帯をおもむろに取り出すと史郎に電話をし、悪いが今日は来客だから飲む話はまたにしてくれと話した。

「了解」

史郎の元気のいい声が耳元で聞こえた。

青いレインコートを持ったままたたずんでいる氷見に向かって、海堂は繰り返した。

「本当のことというとね、氷見さん、俺はひとり暮らしだから、こんな夜はアパートには帰りたくないんだよ。二人で今夜は飲もうよ。淳子さんのことをもっとくわしく話してくれたら嬉しい」

「ああ、海堂さんがそう言ってくれるなら、悪いがそうしてもらおうか」

氷見は出窓を激しく叩く風雨の激しさに顔を向けると、うつむいてうなずいた。

二

海堂はランチのカレーの残りに火を入れながら氷見を気づかってたずねた。

「氷見さん、悪いが夕飯はあいにくとカレーの残りしか出せないが、食べられるかな。珈琲がダメだとすると、カレーの香辛料だって、よくないかもしれないな。おかゆと梅干しを出そうか。すぐにできるよ」

氷見はとんでもないという顔をしながら言った。

「いや、大丈夫だよ。カレーは普段も食べてるし、悪いね。海堂さんにまさか夕飯までご馳走になるとは思いもしなかったよ。台風さえ来なければ、すぐに失礼するんだが」

「いや、氷見さん。気にしないでくれ。俺が無理に引き留めたんだから、俺のカレー、食べていってよ。台風は進行方向を変えて速度を上げ、京都の辺に来ているらしいよ。この分だと能登半島は向かわないらしい」

「おや、そうかい。それはよかった。ほんとにすまないねえ」

今も風雨が激しく出窓やドアをたたく音がひっきりなしに聞こえている。

「この辺りは津波の心配はないのかい」

思いっきり叩き付けてくる雨脚の音が響く出窓の方へ、再び氷見は視線を移した。

「ああ、この辺は海辺に近いんだけど、もともと土地が高いんだろうね。俺がこの店を亡くなった親父から継いでからも津波は来たことないよ」

カレーの鍋を掻きまわしながら、海堂は応じた。店内に温かいカレーの香りが漂ってきた。手早くご飯をよそい、熱々のカレーをかけると、別の鍋にあった卵スープも一緒に運んだ。

「ああ、美味しそうだねえ。海堂さんは調理師の免許を持っているのかい」

眼を細めてカレーを一口食べると、氷見はたずねた。

「ああ、大学を卒業してすぐ調理師の学校に通ってね。親父にお前がこの店をきりもりしていくんだと言われてね。それまでも高校のころから普段の賄い飯もつくっていたから、料理は苦痛じゃなかった。味がいまいちだとか塩加減が足りないとか親父にはよく言われたけどね」

海堂も食べながら応じた。

「海堂さん苦労したんだね。このカレー、なかなか美味いよ。辛みもちょうどいいし、さすが商売人だ」

カレーを食べ終わると、海堂は氷見に断って、バーボンの氷割をグラスに入れて持ってきた。氷見には麦茶の温めたものをすすめた。テレビはつけていたが、台風情報しかやっていない。そろそろ十時になると伝えていた。会話が途切れ、二人は押し黙った。外の騒がしさとは別に、気まずい空気が湧き上がってきて、次第に店内に広がっていった。

酔いが回ると、海堂は眼の前の男に何もかもぶちまけてしまいたいという凶暴な気持ちが噴き出してくるのを押さえられなくなった。戸外の猛り狂った風の音に背中を押された感じもあった。

改めて氷見と向き合うと、思いきって口を開いた。

「俺は、氷見さん、自分の母親を心の底ではいつも恨んでいたんだ。正直言って、あんたを恨む以上に――」

海堂は声が震えた。眼をうるませ、鼻をすすると氷見をじっと見つめた。氷見も真剣に海堂を見つめ返した。

「お母さんは被爆者だったんだよね」

「ああ、そうだ。そして俺は紛れもない被爆二世さ」

氷見は急に声の調子を変えた海堂に、はっとして眼を見張った。海堂の頬に一筋、光るものが流れた。

海堂は、氷見から眼をそらしてうつむくと母親の美紗の顔を思い浮かべながら、訥々と話し始めた。


海堂の母、美紗は長崎で二三歳の時、被爆した。日本各地で空襲が激しく起きるようになり、広島も新型爆弾で焼け野原のようになったという噂話を耳にしたばかりだったという。

一九四五年八月九日午前十一時二分、十五万人もの死傷者を出した原子爆弾は、長崎の上空で炸裂した。十分な治療も受けられず水を求めて、多くの人々が死んでいった。からくも生き残った人々は、七二年たった今も放射線の障害に自分の心と身体をむしばまれ続けている。

紺のモンペに白いブラウスで、美紗が家の玄関を出ようとしたとき、ものすごい地響きがして、衝撃音が耳をつんざいた。一瞬ぴかっと光ったと思ったとたん、爆風で吹き飛ばされ、全壊した家の下敷きになって気を失った。美紗の母は台所の床下に埋もれてこと切れていた。父親は二年前に出征していて連絡が途絶えたまま留守であった。

「誰かいませんかー」

「ああ、この娘、気絶しているが、まだ息があるよ。かわいそうに……全身血だらけじゃないか」

「本当だ。今助けてやるからな。がんばれよー」

生存者を見つけようと、たまたま通りかかった自警団の男性たちに助け出されて、近くの避難所に行き、全身に刺さっているガラスの破片を抜き取ってもらうなどの治療を受けてようやく助かったのだという。

二年後、東京の親戚の家に身を寄せていた美紗は闇市で海堂昭二と知り合い結婚した。

昭二は闇市でもうけた資金を元手に小さな簡易食堂を始めた。まだ食べ物もない時代でみんな貧しかったが、ふかし芋のようなものでもよく売れたという。

　五年後、姉光子が生まれた。その三年後克己が、さらに二年後、妹美千代が生まれ、賑やかな五人家族となる。美千代は生まれつき知的障がい者であったが、克己が面倒を見るようにと母から言われていつも付き添っていた。美千代は「あんちゃん、あんちゃん」と言ってまとわりついた。

　克己が小学校にあがった頃、美紗が突然血を吐いて入院した。原爆症と診断され、一年もたたぬうちに死んだ。食堂は立ち行かなくなり、閉鎖するしかなかった。


「俺はこの話を原爆症で苦しんでいた母から初めて聞いたんだ。誰にも言わずにひとりで耐えてきたんだなと俺はすぐにわかった。それまで自分が被爆二世だなんて思ってもみなかった。だからすっごく恐ろしかった。自分もいつか原爆症にかかるのではないかと思えて泣きたくなった。姉は一一歳、俺は八歳、妹は六歳だった」

　海堂は涙をぽろぽろこぼし、バーボンの水割りを慌てて飲み干した。

「本当に痛ましい……何とも言いようのない……それで、湘南にはいつ頃移って来たんだい」

氷見も眼をうるませ、思わず麦茶をすすった。

「氷見さん、もうやめよう。今さらこんな陰気臭い話、嫌じゃないか」

「いいや、もっと話してくれ。海堂さんにはつらいだろうが」

この男はなぜこんなに俺を苦しめるのだろうと海堂は思わずにはいられなかった。もうやめたいのだ。こんな話をしても何の意味もない。何度、悲しみの渦に見舞われなければならないのか……。

それでも海堂はしぶしぶうなずくと、再び話し出した。


その二年後、光子が同じ症状で倒れた。原爆症を発症したのだ。一年後には苦しみながらこの世を去った。昭二はまだ九歳の克己、七歳の美千代を抱えて、困窮した生活を強いられることになる。金策に奔走しているうちに「ピカドンがうつる」という風評が近所中に広がり、克己や美千代が学校で頻繁にいじめられるようになった。傷だらけで帰ってきた美千代がつらさを爆発させ、家で暴れるようになった。

自分の部屋に閉じこもると美千代は手当たり次第に物を投げつけ、ガラスの割れる音が響いた。昭二は思わず部屋のドアを蹴破り、泣き叫ぶ美千代を羽交い絞めしてパニック行為をやめさせた。海堂は父親にむしゃぶりついて言った。

「父ちゃん、母ちゃんも姉ちゃんも死んだうえになんで俺らもいじめられなきゃならないんだよう。美千代が可哀想だよう」

妹の起こすパニックを呆然と眺め、放り投げたものを拾い上げて片づけながら、父親の昭二に怒りをぶつけていく克己であった。

悩み抜いた挙げ句、克己が一二歳のとき、昭二は湘南で事業を手広くやっていた叔父を頼って、克己と妹を連れて、湘南に移り住むことになった。

美紗がまだ元気なころ、ときおり簡易食堂にも顔を出していた叔父である。

克己が中学校に進んだ頃、ようやく湘南海岸駅前の喫茶店『海猫』を叔父から任されて、昭二はマスターとなった。叔父は海堂商事を立ち上げ、他にも駅前の商店街で、二つの店舗を持って采配をふるっていたのである。暮らしは楽になり、喫茶店も繁盛した。

妹の美千代は小、中学校とも障がい児学級に通ったが、克己が湘南美術大学に入学するようになると、昭二一人では仕事の片手間に支援が必要な美千代の世話をするのは難しくなり、一六歳のとき藤沢市の障がい者施設に入所させた。なるべく多くの人と触れ合うことで社会性も育つという、相談したケースワーカーの説明で、考え抜いた挙げ句の選択だった。週に一度は克己も昭二も会いに行き、美千代の様子を見届けていた。

「その美千代さんという妹さんは今も藤沢市の障がい者施設にいるのかい」

氷見が心配そうに海堂の顔を見た。

「ああ、今も元気でいるさ、まだ俺も妹も原爆症の症状が出ていないが、俺は週一度、会いに行ってる。親父が亡くなってからは、俺が唯一の肉親だからな」

ここまで話すと、不意に海堂は押し黙った。狂おしいほどの悲しさが口惜しさと寂しさを伴って、自分を見る見るうちに覆いつくすのを感じた。もう氷見の顔は視界に入らなかった。それでも海堂は氷見に訴えた。

「氷見さん、あんたにわかるかい。母親も姉も原爆症で亡くなって、どんなにかこの運命を呪ったか。なぜ俺と妹を産んだんだと心の中でいつも母親を責め続けたんだ。父親にだって、なぜ母と結婚したんだと言いたかった。実際には言えなかったけどね。懸命に働いていた父を見ると、口が裂けても言えなかった……」

氷見はバーボンを海堂のグラスに、注ぎ足した。

「いや、海堂さんのつらい気持ちを俺は今の今まで知らなくてほんとに悪かったよ。俺はただ、淳子の幸せを考えていただけだった。海堂さんだってもし、自分の妹の結婚相手が、いつ不治の病を発症するかわからない男だったら、二の足を踏むはずだよ。巡り合わせが悪いっていうか……」

激高していく海堂の顔を不安そうに眺めて、なんとかなだめようとしていたのかもしれない。そう言うと氷見は力なく肩を落とした。二人の間にやりきれない沈黙が再び訪れた。

海堂は突然立ち上がって拳をぶるぶると震わせ呻いた。

「巡り合わせなんて言ってほしくないよ。運が悪いって……。原爆は人間がつくりだしたものだよ。たまたまとか偶然じゃない。人間を極限まで追いつめ、その人の生活、家族、人生までも奪うものだよ。アメリカはすでに負けていた日本に原爆を落とすことなど必要なかったはずじゃないか。なぜ落とさなければならなかったんだ。戦争終結の儀式のように、広島と長崎と二度も。人類初の原爆を使うことが優先されていたんだと今は言われているよね。だからと言って奪われた人の命は、人生は、決して帰らない……ああ、何で俺は淳子さんと出会ってしまったんだろう。俺のために淳子さんまで、当たり前の幸せな生活を、たった一度の人生なのに、送れなかったんだ。俺は本当に淳子さんだけは、しかるべき人と幸せになってほしかった。俺はいいんだ。俺は……この苦しみを最後まで背負って生きていくつもりだから。俺は、俺はいいんだ……」

海堂はテーブルに突っ伏すと溢れる涙が止まらなくなった。たまっていた往年の痛みが一気に噴き出し、もはや自身でコントロールできないほどの勢いで海堂を何度も襲った。

氷見は躊躇しながらも、海堂の震える肩に手を伸ばし、そっと抱きかかえると言った。

「海堂さん、ありがとう。そうやって泣いてくれたら、淳子もあの世できっとうれし泣きしているよ。淳子はそれは、それはあんたが好きだった。昼は家族に心配かけまいと笑顔でいたが、夜になるといつも布団の中で声を殺して泣いていた。父親も母親も腫れ物に触るように妹の気持ちがわかっていても黙っていた。周りは慰めようがなかったんだ。ところで、あの熊のブローチはあんたがくれたものだったんだろう。なにかのおまじないみたいに、いつもつけて大学にずっと通ってたよ」

「ああー熊のブローチは……」

海堂は淳子と初めて出会ったころのことを思い出して再び語りはじめた。

三

「海堂さん、新しい入部希望者だよ。説明してやって。女性だよ」

部室の外に出て初夏の景色をラフスケッチしていた海堂は後輩の美術部員に声をかけ

られた。湘南美術大学の美術部に所属していた海堂は四年生ということもあり、部長を務めていた。

「おお、何と、それは願ってもないことだ」

女性と言われて、一瞬胸が波立った。今までの美術部は男性ばかりで、むさくるしいと悪い噂まで囁かれていた。今まで女性の部員もいたが、一昨年三名が、卒業してしまって以来、昨年も入部希望者が男性四名で、総勢二十名の部でありながら、女性はばったりといなくなってしまったのだ。

部室のドアを半開きにして怪訝な面持ちで立ちすくんでいる上背のある女性と、後ろできまり悪そうに様子をうかがっている小柄な女性のふたりが海堂の視界に入ってきた。それが友だちの笠松洋子と氷見淳子だった。

淳子は小柄だが長い髪の、眼の大きい、愛くるしい顔をしていたが、知的で快活な、はきはきと話す洋子の陰にいつも隠れている風だった。

美術部ではすでに画家になっている先輩や顧問の教授とともにパリやイタリアに卒業旅行に行くのが慣例の行事であった。毎年、部内の希望者は四年生以外でも参加できることになっていて、海堂は二年の時に参加して、今回は二度目である。

一一月の少し北風が吹いてきた頃、美術部の海外卒業旅行に出発した。約二週間の旅で、その年は主にフランスとイタリアを回ることになっていた。

帰国間近になり、イタリアのガラス細工工房を訪れたとき、お土産物売り場にあった態をかたどったブローチに、海堂は釘づけになった。それは見事な細工で、眼にはめ込まれたガーネットのような光の石はとてもガラスとは思えないほど照り輝いて美しかった。偶然すぐ隣で覗き込んでいた淳子は感嘆の声をあげた。

「すごいわね、綺麗。ガーネットのような色合いの眼の光。周りの細工もまるで水晶のようだわ。虹色に磨かれてガラスのような冷たさがなくて……素敵」

淳子の声に改めて海堂はそのブローチに見入った。黒目勝ちの眼に長い睫毛の陰りを映し淳子は吸い込まれるように眺めていた。ブローチはここの工房では一点物で、お揃いのネクタイピンも一緒に展示されていた。ガラス細工としては破格とも言える高額の値段がついていて、有名なガラス細工作家の作品だと説明が添えられていた。海外の美術工芸品コンクールにも出品されたものだという。

海堂はすっかり魅せられたように見つめている、傍らの淳子の横顔にむしろ惹かれた。きっとこのブローチは淳子に似合うだろうなと考えていた。まだ彼女とはつき合ってもいないのに、そんな考えが自分の胸に浮かんだことに驚きを感じていた。

ふと気がつくと、別の売り場を物色していた洋子が淳子を見出して走ってきた。

「ねえ、淳子、向こうにジュエリー売り場があるわよ。ダイヤもサファイヤもトルコ石もあるわよ。行ってみましょうよ。こんなガラス細工なんかよりいいと思うから」

「うん……でも、そうかな」

淳子は後ろ髪を引かれるような悲しい表情を漂わせて、ちらっと海堂の方を見やると、洋子に誘われ、渋々引き摺られていった。もっとこの場所にいたかったとでもいうような不安げな淳子の表情は海堂の胸に焼きついた。

売り場の人がたどたどしい日本語でいかにも残念そうに言った。

「やはり、女性はジュエリーの方が惹かれますかね。ですが、この作品はガラスには違いないですが、特殊な割れにくい加工をしていて、長い間色褪せることはないと言われています。作家のこの作品に込めた情熱は伝わってきますがね。この作家のファンも多いのです」

「では、すぐ売れてしまうかと……」

「そうですね。ここに並べたのも昨日からなのですよ。この作家のものは、だいたい一週間で完売しますね」

海堂は売り場のイタリア男性の言葉を聞きながら何となく、このブローチとどうしても離れがたい気持ちになった。誰に贈るという当てもなく、ただ傍に置きたいというだけの買い物にしては高い買い物だったが、箱に入れ包んでもらったとき、心の底からほっとした。なぜかわくわくするような嬉しい気持ちが身体中に広がった。

熊のブローチの精巧さより、淳子のじっと見つめていた、あの情感のこもった横顔の方が忘れられなくなったのだと気づいていたのかもしれない。

のどの渇きを覚えて、海堂は冷たい水と氷を運んできた。もうバーボンはわずかになっている。氷見にも麦茶を注ぎ足した。

「そう、それで」

熱心に海堂の話に耳を傾けていた氷見がため息交じりに言った。

「氷見さんは信じないかもしれないが、年が明けて二月が過ぎ、卒業の時期が近づくまで、俺は遠くから淳子さんを見ていただけで、特別な会話はなかった。時々部室でばったり会い、ふと見つめ合い、微笑み合うことはあったがね」

「だが、淳子は大学一年の冬頃から何かを思い詰めている風に見えることがあったよ。俺も心配して『彼氏でもできたのか』と聞いたら、頬をポッと赤くして『好きな人がいるの。でも、片思いなの』といっていたんだよ。それが海堂さんだったわけだ。だけど、海堂さんが買ったはずのそのブローチが、なぜ淳子のもとにあったんだい」

「それは……俺が淳子さんに贈ったからだ」

「やっぱり。そこのところを聞かせてくれないか。俺には言いたくないかもしれないが、どうかぜひ話してくれ」

沈黙した海堂を不安げに眺めて、氷見は言葉を待った。海堂はおもむろに立ち上がり、カウンターの引き出しを探ると小さな小箱を持って戻ってきた。

「これが淳子さんから贈られたもの。氷見さんが持ってきたのは俺が贈ったもの」

海堂が熊のブローチと小箱から出した熊のネクタイピンをテーブルの上に並べた。改めて並べてみると、熊が互いに見つめ合っているような微妙な角度でつくられている。ネクタイピンの方は熊だけがガラス細工でタイピンの本体は銀仕様だった。

「これは――二つで一つ……対のものじゃないか」

「そうなんだよ。俺は運命だと思ったね。示し合わせたように偶然、同じものを購入していたんだ。あの旅行の日に。俺は全然知らなかった。淳子さんがあれを購入していたなんて」

再び海堂は口を閉ざしてうつむいた。

戸外の荒れ狂う風と波の音が、二人の間を静かに通り過ぎていく。

氷見の寂しそうな眼差しに気づいて、海堂は独り言のように再び話しはじめた。

「俺は、淳子さんが好きだった。卒業してからも俺らは離れられないで、三年間は時々示し合わせて会った。よく動く眼が可愛い淳子さんは、表情が豊かで二人でキャンパスを歩いていると、良く冷やかされたさ。

だけど傍目で思うほど、親しそうに見えても、俺はいつも彼女と距離を置くようにいつも意識していた。氷見さんが言うように、俺も彼女の未来を考えていた。一番大切な人を不幸にはしたくないと思うのは俺だって同じだったんだ。だから、淳子さんにありのままに『僕は被爆二世だから、いつ原爆症になるかわからないから、悪いけど、君を幸せにできるかわからない。だからもっといい人を見つけて幸せになってほしい……』と、何度もためらった末に言ったとき、淳子さんは驚いたけど、すぐに眼をうるませて言い返してきたんだ」

氷見は思わず海堂の顔をしげしげと見た。それは、海堂の言葉を待ち望んでいるようにも感じられた。

「淳子さんは言った。どんなに大変なことになっても、あなたと一緒なら乗り越えていける。もし病気になってもわたしは心を込めて看病する喜びがある。どうか、あなたと一緒にいさせて……と。俺はたまらなく嬉しく、胸が熱くなった」

再び海堂は押し黙った。ついに大粒の涙が海堂の頬を伝った。氷見はそれを見つめると静かに話しかけてきた。

「ああ、わかるさ。恋は盲目というじゃないか。恋人同士には今しか見えないもんだよ。そう話されても淳子はあんたの胸に飛び込んだに違いないさ。残念だけど、淳子はあの頃はあんたに首ったけだったんだからな。誰の忠告も耳に入らなかったさ」

いささか羨むような口ぶりで言う氷見に、海堂は苛立ちを隠せなかった。

「そんな氷見さんが言うような明るい話じゃ微塵もないさ。若いころにありがちな一時の気の迷いならそれでもよかった。でも違うんだ。俺は結局、淳子さんに何もしてやれなかった。むしろ不幸にしただけだった」

「確かに、俺も当時はそう思ったさ。今日はもう本音を言ってしまうけど、淳子は生半可な気持ちじゃなかったんだとこの遺品を見たときわかったんだ。俺のなかに後悔の念が、一気に俺に押し寄せてきた。海堂さんと一緒にさせてやるんだったという後悔が俺の心に居座ってしまったんだ」

海堂は氷見の言葉にはっとした。信じられない思いで、氷見を見据えると胸の奥から激しい怒りが込み上げてきた。

「今さら、今さら何を言うんだ……悪意に満ちた言葉を俺に言い放った人が言うことか」

海堂は抗うように、それでも弱々しい響きでつぶやいた。亡き父と淳子の家を訪れた日の記憶が鮮やかによみがえってきた。


淳子が卒業を迎える年の秋に海堂は父親に事情を話し、連れ立って淳子の家に行った。淳子に見合い話が持ち上がっていると聞いたからに他ならない。俺が行ったところで何になるという思いも多分にあったが、当たって砕けろという気持ちに押し切られた形だった。黙って身を引くという気持ちにはなれないくらい、淳子とは親密になっていたし、何よりも自分の気持ちを抑えることができなかったのだ。

「淳子さんが大学を卒業したら、結婚させてほしい」

と結局懇願しに行った。母と姉を原爆症で亡くし、自分も被爆二世であるが、今は健康なので、精いっぱい淳子さんを大切にしたいと話した。さらに父親は若い二人の願いを大切にしてやりたいと父親としての思いを伝え、頭を下げた。淳子と同席していた淳子の両親、兄らはひどく困惑した様子を見せ下を向き、うつむくばかりだった。

こうして息づまる時間が過ぎていったが、しばらくは誰も口を開かなかった。

海堂の座っている部屋からは、広い庭の片隅で菊の花が美しく咲き誇っているのが眺められた。そのえんじ色の菊の花に柔らかな秋の陽が当たって、平穏な午後を感じさせていた。

とうとう淳子の父親がおもむろに立ち上がった。海堂親子に深々と礼をして話しはじめる。

「娘を好きな人に添わせてやりたいのはやまやまだけれど、お宅の息子さんには淳子を幸せにできるとはどうしても思えない。わけは言わずとも、そちらの事情でわかるはずだから、繰り返さないが、我々の気持ちを汲んで、このまま帰っていただけないか。わざわざ能登まで足を運んでいただいて、申し訳ないが……」

海堂はすんなりと承諾してもらえると思ってはいなかったが、一縷の望みに縋っていた自分が惨めだった。

淳子は「あんまりよ。お父さん」と叫んで立ち上った。

「私は海堂さんについて行ってよ」

「淳子は黙っていろ」

兄が我慢できずに怒鳴って淳子の言葉を遮った。そして間髪を容れずに言い放った。

「淳子はまだ大学生じゃないか。来春卒業するが、あんたには悪いが、これからという明るい未来があるんだ。ほんとうに淳子のことを思うなら、身を引くのが当たり前だろう。これ以上こちらは言うことはない。さあ、さあ帰ってくれ」

まるで疫病神にでもあったように罵り、決して妹はあんたには渡さないと啖呵を切った。後ろで遠慮がちに控えていた淳子の両親は、白け切った顔をして、海堂たちを無言で見据えていた。淳子は身をよじって「兄さん、やめて」と叫ぶと、両手で顔を覆いすすり泣いた。

母親は淳子を抱きかかえて背中をさすってなだめている。

海堂の父親は首を激しく横に振り、立ち上がって息子に言った。

「あきらめろ。克己、これでは無理だ。話にならない。もう失礼しよう。残念だがね。いいお嬢さんだと思ったが」

肩を落としてうつむいたその父親の顔を俺は今も忘れることはできない。あの暗い瞳の奥に宿る深い悲しみの記憶を決して、消し去ることはできないと思った。

「氷見さん、あの日、俺ら親子はどんな思いで、氷見家を訪れたかわかるだろうか。何を言われても、どうすることもできない悔しさと悲しさで身を切られる思いだったことを。決してわかってはもらえないだろう」

「ああ、確かにそうだが。俺も若かったし、淳子を守りたい一心だった。でも海堂さんが生きていることが淳子にはただ一つの希望だったんだと、はっきり今ならわかるよ。あの時は考えがどうしても及ばなかった。俺ら家族は傲慢な態度で平然と海堂さんたちを排除していたんだと思う。原爆症は海堂さんたちの責任ではないのに。すまなかった……ほんとうに。そして、淳子には取り返しのつかないことをしてしまった。哀れな妹だった」

海堂は微かに震える氷見の声で、自分をようやく取り戻した。

氷見は感情が高ぶったのか、まるで許しを乞うように海堂の手を両手で包むと、きつく握りしめてきた。

海堂は、氷見に言うべき言葉を失っていた。夜半も過ぎ、台風は新潟の方へと進んでいるとテレビの画面は伝えている。いくらか風雨も弱まってきていた。

海堂は二階の自分の部屋に氷見を案内し、夜具も二つ並べて敷いて横になった。二階は確かに二間あったが、別々に眠るのは忍びなかったのだ。

「やあ、天井は低いけど、なかは結構広いんだね」

氷見は屋根裏部屋のような造りに感心していた。横になると、黙って眼をつむっている海堂に氷見は再び話しかけた。

「すまなかった。俺は海堂さんに嫌なことを思い出させてしまったようだ。俺が逆の立場だったら、この嵐のなかでも帰れと追い出していただろうよ。今は、淳子がなぜ海堂さんに心底惚れたのかわかるような気がするよ」

海堂は酔いが回る頭に、氷見の声がしだいに遠のくのが感じられた。

ふと寝苦しさを覚え、未明に傍らの氷見の方へ身体を向けた。氷見は静かに眼を閉じていた。いつの間にか気持ちのよさそうな寝息が、規則正しくリズムを刻んでいる。

海堂は掛け布団にくるまると、台風が去っていった戸外に耳を澄まして再び眼を閉じた。

## 四

「ああ、おはようございます。眠れましたか。今モーニング出来ましたから、ぜひ食べて行ってください。台風はどこかに抜けてしまい、外はいい天気ですよ」

急な階段を恐る恐る下りる足音に気づいた海堂は氷見を下から見上げて、明るく声をかけた。

海堂はポロシャツにジーンズ、黒のエプロンという普段のいで立ちだ。氷見も昨夜の黒っぽいスーツに着替えていた。

テーブルに二人分の食器がセットされている。珈琲の香りが漂い、フライパンで焼いている卵とベーコンの匂いが辺りに広がった。朝の清々しい空気が部屋のなかに充満している。

「ああ、ありがとうございます。何から何まで。こんなに親切にされて、夢のようだ」

早速、テーブルに腰かけて、氷見は笑みを浮かべた。

ほどなくして、グリーンサラダ、スクランブルエッグ、ベーコンにトマトが盛られた大皿がトーストと珈琲、ジュースを添えたプレートに入れられて、運ばれてきた。

「美味しそうだね。まるでホテルのようだよ。海堂さん、これがモーニングかい」

満足気に氷見はつぶやいた。

「ああ、うちではこれがワンコイン、モーニングサービスでわざわざ遠くから食べにくる常連さんもいるんだよ」

「ワンコインってまさか、五百円と言うことかい」

紅茶の香りに誘われて、氷見は一口すすると思わず海堂にたずねた。

「ああ、サービスだからね。喫茶店も今どき珈琲だけではやっていけないからね。ランチはサンドイッチやカレー、ナポリタンなど、大体洋食は一通りできるよ」

海堂も自分のプレートを運び、向かいの席に腰を下ろした。熱い珈琲を一口すすった。

氷見は顔をあげて微笑んだ。昨夜の暗い表情はすっかり姿を消している。

「すごいじゃないか。レストラン並みだね」

「親父の時代から、ここはそうだったよ。もっとも名前がその頃は『海猫』だったがね」

トーストを頬張りながら、海堂は言った。

「へーっ、どうして『止まり木』という名前に変えたんだい」

グリーンサラダから氷見は食べ始めている。血糖値があがらないようにしているんで
ねとつぶやいた。

「海猫は可愛い顔をしているが、どう猛な鳥でね。俺は好きじゃなかった。俺の店は弱々しかったり、たくさん傷を負ったりした人も心の安らぎを求めて入ってこれるような、何気ない感じだが心が温まるような雰囲気の店にしたいと思ったのさ。殺伐とした海辺でも、ちょっと休めるような場にという意味合いで考えたんだ。実際はどうかは別だがね……」

なるほどね、止まり木かあ、海堂さんらしいや、と感心したように言うと、氷見はトーストを頬張った。

海堂のトーストはバターが塗ってあったが、氷見のには何もつけていない。

「ああ、氷見さん、バターが大丈夫だったら、自分でつけて。ジャムの方がいいか、わからなかったもんで」

テーブルの中央に置かれたバターとジャムを海堂は指差した。

「このパン、ほんと美味しいねえ。何もつけなくてもいけるよ」


戸外は台風一過で蒸し暑いくらいに陽射しも強くなっている。

「ああ、氷見さん、もう夏がやってくるんだね。台風が通ったなんて、嘘のようだよ」

扉を開けると清々しい朝の光が急に差し込んできた。白い雲が流れている澄んだ青空を仰ぐと、海堂は思いっきり伸びをしてつぶやいた。

「レインコート乾いているよ。もう必要ないかな。たたんでおいたから」

ビニールの袋に入れたレインコートは陽の光に当たって、いくらか暖かかった。

氷見は礼を言うと、帰る支度をして扉の前に立った。

「思いがけず、すっかり世話になってしまって、お詫びのしようもないよ。海堂さん」

「氷見さん、淳子さんの遺品を届けてくださって嬉しかったよ。ありがとう、大切にするよ。俺は開店準備があるから見送れないけど、気をつけて。電車のダイヤが乱れていないといいが」

　黒いエプロンを取ると、海堂は挨拶をして深々と頭を下げた。

「ああ、海堂さん、顔をあげてくれ。お世話になったのはこっちの方だよ。もしよかったらまた寄らせてもらうよ。『止まり木』に俺も止まりたくなるかもしれない。迷惑じゃないといいが」

　茶色の帽子で白髪を隠すと、若々しい氷見の顔に笑みがこぼれた。

「何を言うんだ。迷惑なもんか。大切な淳子さんの兄上だし。また何かの用事でこちらに来ることがあったら、ぜひ寄ってくださいよ」

「そうか、ありがとう、海堂さん、帰ったら淳子に報告するよ。何だか変な話だが、海堂さんとはもっと早く会って、ゆっくり話したかったような気がするよ。ああ、今さらだけれど……じゃ、ほんとにありがとう」

　踵を返して、扉を押そうとしたが一瞬、ふと手が止まり、振り向いて戻ってくると、小さな紙に書いたものを海堂の手に握らせた。

「えっ、これは……氷見さん、もしかして」

「今の淳子の居場所。また会えるといいが、俺ももう先がない病気持ちの年寄りだからな。海堂さんは元気で。また会える日を楽しみにしているよ」

バタンと扉の閉まる音がして、氷見の姿は消えた。出窓から外を見ると朝の陽光を背に受けて、駅に向かってとぼとぼと疲れた足取りで歩いていく氷見の後ろ姿が眼に入った。

掌のメモに視線を落とすと、淳子の菩提寺の連絡先が書いてあった。よかったら、淳子に会いに行ってやってくれと走り書きがしてあった。

海堂は最後にしみじみと話しかけてきた氷見に、なぜか恨みがましい思いは消えているのに気づいた。自分を悲しみのどん底に突き落とした男をあれほど憎み、決して会わないと誓ったはずの暗いドロドロとした感情が、霧に包まれたようになくなっている。

普段は常連客との楽しい語らいでときおり新鮮な発見をしながら、平穏な日々の暮らしを刻んで過ぎていく。だが、自分が被爆二世であることを海堂は、片時も忘れたことはなかった。とりわけ八月九日の午前一一時二分、原爆投下の日を母と姉のもう一つの命日として、黙とうを欠かさなかった。

また終戦の日が毎年めぐってくると、胸の奥から激しい痛みと絶望感に襲われ、夜半に眠れなくなるのだった。原爆を扱った終戦番組が偶然耳に飛び込んでくると、身体の震えも止まらなくなる。自分が経験したわけではないのに、かつて母親が眼にしたであろう一面の焼け野原の光景が脳裏を駆けめぐり、海堂の胸を鋭く刺した。

何十万人もの人々が一瞬で無残に命を失い、今も自分と同じ思いをしている人が唯一の被爆国の日本にはたくさんいるに違いない。被爆者で生き残っている人はもちろん、身近に被爆者を抱えた人々の健康をむしばむ怖れに耐えられない思いをしている人もいるであろう。過去も現在も未来も――放射能の汚染が完全に消えるまで、累々と死者や懊悩する人々は増え続けていくのだと海堂は思わずにはいられなかった。長崎だけではない。広島、そして東日本大震災の折に福島原発が爆発し、被害を被った福島……放射能との闘いは今も静かに進行しているのだと。

昨年の八月末に、海堂は大学時代の仲間の集まりに参加した帰りに、偶然日比谷公園広場で若者平和集会に遭遇した。平和トークが始まっていて、若者の凛とした威勢のいい声が聞こえていた。百人ぐらい集まっているなかで「僕は被爆三世です」と自己紹介した若者に海堂は思わず惹きつけられ、足を止めたことがあった。

「僕は広島で被爆して亡くなった祖母の悲しみを後世に伝え､平和の大切さを広げたい。今も世界のどこかで戦争は起こっている。人間の尊厳を根こそぎふみにじる核兵器使用は決して繰り返してはならないことです。僕らは命の尽きる日までそのことを訴え続けます」と学生らしい若者ははっきりと述べた。

――なんと堂々と主張しているのか。躊躇もためらいもなく、まっすぐ前を向いて。

初々しい話し方ではあったけれども言葉の端々に力強い覚悟を示した若者の清々しい姿に海堂は心が洗われる思いがした。

衝撃を受けてしばらくはその場から動けなかったことを海堂は鮮明に思い出した。

氷見に突然会ったことで、忘れようとしていた淳子との切ない思い出に心ならずも再び向きあうことになった。それればかりか封印されていた過去を塗り替える新たな悲しい事実も知らされた。そのことでしばらくは自分も再び嘆き苦しむかもしれないと海堂は思った。それでもその心の奥からたとえようもない喜びの感情が押し寄せてくるのはなぜだろう。

俺も淳子もあの燃えるような恋で生涯を終えるのだと思うと、それなりに満ち足りている気もした。いずれにしろ、自分が選んだ道なのだ。もう一度淳子に会える機会を、あの男は運んできてくれたのだと思うと、海堂はむしろ優しい気配に包まれた。

ふと海堂は、誰かの呼び声が聞こえたように思い、氷見が先刻出て行った扉の向こうを凝視した。固い木製の扉の向こうに微かに薄紫のものが揺らいでいるような気がして、胸が震えた。

――克己さん……。

ああ先に逝って待っているのだと海堂は一人で合点がいった。

身体いっぱいに幸せな感情が、久しぶりに海堂を包み込むと、手足のすみずみに広がり、激しい愛おしさがこみ上げてきた。

# ピュアホワイト

# 一　京子

## 一

満開の桜は散りはじめている。

浜崎駅前近くの小さな公園には人影もなく、すべり台など、赤く塗られた遊具があった。それらを囲むように辛夷や桜、百日紅などが数本立っていた。木々の新芽を包みこむような柔らかな小雨が時折降り注ぎ、梢を渡る小鳥の影が動いている。しっとりとした生暖かい風に乗って、若葉の香りも運ばれてくる。アスファルトの道路の上も、湿った空気で濡れて鈍く光っていた。花曇りの日が続く四月半ばの午後である。

外は意外に寒くはなかった。

巻村友紀は出張のため、勤務先の浜崎市生活自立支援センターを後にして、浜崎駅前に向かっていた。友紀は小柄で、丸顔のいくらか幼さの残る面差しをしている。一〇年以上、福祉支援の仕事に携わっていて、最近は研修担当となり、講習の計画を立てることを主に進めていた。今日も隣の横舘市に講師として参加するところであった。

浜崎駅前に着くと四角いポストの前で友紀は立ち止まった。ベージュのスプリングコートのポケットから、一枚の返信用はがきを取り出し一瞥すると、すぐに投函した。

「お母さん、同窓会のお誘いのはがきまた来てたわよ。たまには行ってみたら」

保育士の仕事をしている一人娘の明日香が昨日の夕方、郵便受けから見つけてきて友紀に手渡したものだった。

「うーん、なかなか忙しくてね。そんな暇はないかな」

そう言いながら、はがきの裏の世話人を何気なく見ると、三人の名前が並んでいたが、そのうちの一人が高校時代の親友、「佐橋京子」だった。

「えっ、あの京子が。懐かしいわ。行ってみようかな。でも」

「どうしたの」

急に眉をひそめた母親の顔を怪訝そうに明日香が覗き込んだ。

「でも、京子は確か、大阪にお嫁に行ったはずなのに……何かあったのかな」

首を傾げている母親を尻目に、明日香はピアノ教室で何かいいことがあったらしく鼻歌を歌いながら踵を返すと、元気よく二階に駆け上がっていった。

思えば、三十路を過ぎた頃から、幾度かこうした案内葉書をもらった覚えがあるが、友紀は今までに一度も同窓会には足を向けたことがない。浜崎市生活自立支援センターに勤務し、加えてボランティアの野宿者支援の仕事もしている多忙さもあったが、今さら古い友だちに会いたくないという思いもあった。だが、年賀状のやりとりも途絶えがちになっていた懐かしい京子に会えるのなら、今回は行ってもいいなと思い直した。葉書に記されていた幹事のうち、旧姓に戻った京子の連絡先が、京子の実家であったのにはさらに驚いた。たしか京子はかなり前に、大阪の老舗の和菓子屋に、嫁に行ったような記憶がある。京子はなぜ実家に戻っているのだろうかとまず疑問を持った。高校を卒業して以来だから、もう二十五年も会っていなかったことになる。

同窓会は高校時代の恩師の高柳治の還暦祝いも兼ねると記されていた。

浜崎駅の改札を通りながら、友紀はふと高校時代の懐かしい日々を思い浮かべていた。

友紀たちの高校は三年生になると大学受験のために、いくつかのコース別のクラスに編成される。学年全部で一二クラスもあった高校であったために、友紀は三年生で初めて京子と出会った。

二人が編成されたクラスは国立文系コースのクラスである。クラスの中は階層が自然に形作られていて、国立をめざすグループとそこまでは考えていないグループとが混在していた。友紀も京子もクラスの中では、いわゆる落ちこぼれの部類であった。すさまじく駆け足で進む授業と、受験対策の高度なテクニック中心の授業も、二人にはただ黙ってノートを取るだけの白けた、空しい時間以外の何ものでもなかったのだ。

帰りのホームルームが終わると二人はたいてい示し合わせて、帰宅途中に図書館のある地区センターに寄った。そして小一時間ほど図書館で好きな本を広げて読み合うか、二階にあるドリンクコーナーに行って、缶コーヒーやジュースを飲みながら、おしゃべりをして過ごした。二人とも落ちこぼれではあったが、高いところを狙わなければ、そこそこ合格ラインに入っていたので、担任の高柳も口うるさく言わなかったのだ。レベルの高いクラスにいたために、かえって心地よい自由さが暗黙のうちに保障されていたのだった。

あれは、もう晩秋の冷たい風が吹き始めた一一月下旬の頃だった。

いつもより早く地区センターに着いた友紀がゆっくりコーラを飲んでいると、道路や下の広場が見渡せる出窓から、京子が足早に歩いてくるのが見えた。ふと顔をあげた姿を認めて、友紀が手を振ろうとしたその時、京子の後ろから同じクラスの男子生徒があたふたと走ってくるのが見えた。そして追い越し際に、京子の手に紙切れを摑ませて去っていった。手の中の紙を見ることもなくクシャクシャにして、スカートのポケットに突っ込んだ。

その一部始終を、友紀は固唾をのんで眺めていた。

「京子、あの男子、何かあなたに渡して行ったわね」

息を切らして地区センターに飛び込んできた京子に、友紀は思わず問いただした。

「あのお調子もんの藤田よ。もう、しつこくて困ってるのよ。わたし、今はそんな気になれないし」

「少しは付き合ってあげたら」

「わたし、男子はめんどくさい。友紀と一緒にいるのが一番和むの」

冷たい風が吹き始めた夕暮れなのに、京子は汗をかいて、肩で息をしながら頬を紅く染めていた。いつも二人で一緒に行動していながら、京子が自分とは違って、周囲の男子を惹きつける魅力を持っているのに気づかなかった自分が、とてもうかつに思えた。

京子はテニス部に一時所属していて、試合の選手にも選ばれたこともあったようだ。スタイルのいい京子がテニスラケットを片手に闊歩していくのを何度か友紀も見たことがある。だが、受験の波に呑まれるのは京子も例外ではなかった。三年の夏には目指していた試合も断念し、引退していった。後輩が京子を慕って三年の教室まで、会いに来たことも何度かあり、一年生の指導に呼ばれていたのを友紀は覚えている。友紀はもともと運動神経が鈍い方で部活は入らなかったから、後輩に囲まれて微笑んでいる京子を誇らしく思いつつ、ひそかに羨んでもいたのだった。

また体育祭の練習で校庭を走っていたとき、傍にいた女生徒が何かにつまずいて転んだことがあった。友紀は慌てて担任の先生を探しに行ったが、京子は足から血を流していた彼女をすぐに助け起こすと医務室に直行した。その機転の素早さに驚いたことがあった。

友紀は横舘行きの電車に乗り、座席に座って眼を瞑った。卒業してからは、どんな人生を京子は歩んできたのだろうと友紀はあれこれ思いをめぐらした。

## 二

「羽田友紀さんじゃない」

待ち遠しい思いで迎えた同窓会の日のことだった。五月の半ばであった。

受付をしているといきなり、旧姓で呼ばれた友紀はびくっとして振り向いた。少しトーンが高いが穏やかな聞き覚えのある声だ。

「ああ、京子」

眼の前にフリルが付いた白いブラウスに、モカ茶のスーツを知的に着こなした女性が笑っている。眼の周りに老いを感じさせる小皺があるものの、若い頃と同じように知的な雰囲気が漂う人だった。すらっと背が高く、大きな眼と高い鼻が印象的な京子の姿が、友紀の前に懐かしさを運んで現れた。

「もう巻村さんだっけ。友紀、ごめんなさい。わたしったら、なんて慌て者」

「いいのよ。そういう京子だって、佐橋じゃなかったでしょ。たしか」

「わたし、今はひとりなの」

友紀は案内葉書に書いてあった「佐橋京子」の文字を急に思い出した。

「ごめんなさい、京子、変なこと言って」

「いいのよ。それにしても友紀は相変わらずね。肌も艶々しているし、とても四〇過ぎた女性とは思えないわ。この薄紫のワンピースがよく似合っているわね」

「そういう京子こそ、とっても素敵よ。全然変わってないわ」

湘南観光会館の会議室いっぱいに、かつての三年二組の面々が次々と集まってきていた。やはり、裕福な生活を過ごしてきたことを思わせる上質のドレスやスーツ姿の女性が多く目立っていた。男性は一様に三揃えやビジネススーツ姿で、固まって喋っていたが、着飾った女性陣の方をちらちら見ながら、笑い声を立てている。

還暦だと聞いていた担任の高柳はまだ元気そうで若々しく、早速スピーチで教師時代のダジャレを飛ばして、みんなを爆笑させていた。

フレンチのコース料理が終わって、宴が終わりに近づくと、京子は友紀に目配せして会議室を出た。そして化粧室に向かいながら小声で言った。

「記念品の贈呈でこの会はこれでお開きなの。もっと友紀とゆっくり話したいから、お茶しようよ。帰りも車で送るから。男性陣は女性陣を誘って二次会に行くつもりらしいけど、わたしは止めとく。居心地悪そうだし、友紀は、どうする」

もちろん、考えるまでもなく、友紀は京子が行かないのに、自分だけが行くなどというつもりはなかった。

「いいわ。わたしもその方がよくってよ」

京子は赤いセダンに乗り込むと、助手席に乗った友紀を横目で眺めながら車を走らせ、ゆっくりと話し始めた。

「びっくりしたでしょ。三年前からずっと実家に戻っていたの」

「全然知らなかったわ」

「友紀、わたしも気持ちに余裕がなくて、あなたにも知らせないで来てしまったけど、ごめんなさい。今日、久しぶりに参加するって同窓会の幹事会で聞いてたから、会うのをとっても楽しみにしていたのよ」

「わたしもよ。今までは何度か案内をもらっても行く気にならなくて過ごしてしまったけど、あなたが来るなら今回はぜひ参加しようと思ったのよ。でも、京子が同窓会の幹事になっていたなんて、ほんとに驚いたわ。でもそのおかげで、わたしもこうして、京子に会えたのだけれど」

「二年前に学級委員だった藤堂さんと藤田くんが急に訪ねてきてね、幹事になってもらえないかって頼みにきたもんだから、断れなかったのよ」

京子は疲れたような横顔を見せて、前に視線を向けている。

「藤田くんって、あの藤田」

「あの、お調子もんの藤田よ。もっとも今は川向商店街の役員だし、トリーズ珈琲店のオーナーになって、今は商売もうまくいっていて、結構流行っているみたい。藤堂さんは世話好きのおかみさんという感じになっていたけど、わたしを入れて幹事は六人ね。でもそのうちの三人が代表として、同窓会の呼びかけ人になったというわけ。わたしはきっとひとりで身軽だし、だからお願いされたのね」

「そんな、身軽って……」

友紀は京子の自嘲的な言い方に、思わず言葉を飲み込んだ。

「ごめんなさい。暗い話になってしまって。でもわたしも今は、自分の生活を大いに楽しんでいるつもり。二年前からフラワーアレンジメントを始めたの。今はもう時々教室も開くのよ」

「それはすごいわね」

「春と夏と秋に年三回、町内会などの会館を借り切って開くのよ。大体四〇人ぐらい申し込みがあるの。女性が多いけど、男性も何人かきてくれてね」

「京子はがんばっているのね。さすがだわ」

「友紀、わたしがいつも行っているカフェでいいかしら。娘さんは高校生だっけ。たしか明日香さんって、年賀状に書いてあったと思うけど」

「いや、明日香は、専門学校に行った後、保育士になって保育園に勤めはじめているわ。あっという間に大きくなってしまって、心配は尽きないのよ」

「そうかあ。もう働いているのね。早いわねえ。わたしたちも年取るわけね」

やがて京子はレストランカフェの前に車を止めた。

「友紀、最近わたしここによく来るのよ。珈琲が美味しいの」

店の入り口にある紫陽花の木は蕾が膨らみかけている。ドアの脇の小さなテーブルには今日のおすすめコースが黒板に書かれ、立てかけてある。紫陽花の下にはラベンダーが一面に咲いて、初夏の風にそよいでいる。薄紫の花の波を湧き立たせ、足元からけむっていた。

「素敵でしょ。今日の友紀の服にぴったりの薄紫ね」

花に惹かれて足を止めていると、そっと後ろから友紀の肩を押して京子が言った。なかは天井の高い山小屋風の造りだった。本店が軽井沢にあるらしい。広々としていて、圧迫感がない。座席は半分ほど客で埋まっていたが、窓際の席に案内されて、向かい合って座った。二人は早速ケーキセットを注文した。この店は天井も出窓も大きくガラスがはめ込まれていて、夜になると星も小さく見えるのだと京子が教えてくれた。

「一人で、珈琲を飲みながらぼんやり星を眺めているとね、いろいろなことが思い出されて、自分はどうしてここにいるんだろうって思ったりするのよ。友紀、でもほんとに懐かしいわねえ。もう二十五年もたったなんて嘘みたい。あの頃に戻りたいわ」

京子は大きくため息をついて言った。

ポットに入った珈琲が美味しそうな香りをたてながら、ケーキと一緒に運ばれてきた。

クルミ入りのクッキーも珈琲に添えられている。

京子はモカケーキを頬張りながら、急に含み笑いをして話し始めた。

「友紀はちっとも変わってないわね。わたしにほんとは聞きたいことがあるんでしょ。大阪にはいかずになぜ実家にいるかってことを聞きたいんじゃないの」

胸を鋭く刺すような京子の言葉が響いた。苺のタルトの苺を食べようとした友紀の手が、思わず止まった。

「でも、京子が言いたくなかったら別に」

友紀は何げなく眼をそらして言った。

「顔に書いてあるって、友紀、隠さなくてもいいのよ。わたしも実は聞いてもらいたいし、友紀が聞いてくれるなら」

「いいの。京子、話すのがつらかったら、また今度でもいいし、話したくなった時でいいから、そんなにこだわっているわけじゃないから。京子は京子だもの。だから」

京子は友紀の言葉をさえぎると、せつなそうに眼をしばたいた。

「わたし、大阪で夫に離縁されたの。和菓子屋の嫁は務まらないからって」

「離縁って、そ、そんな。どうして、京子」

友紀は眼を瞠って京子を見た。

「いや、本当はね、夫が料亭の女将とねんごろになって、どうしようもなくなって、わたしが別れを切りだしたの」

「ひどいわ、でもそんなこと、どうして」

「老舗の店にはよくある話なんですって。我慢すれば、そのうち別れるからといろんな人に説得されたけど、義母や義父にも。当の夫にも。でも、妊娠していたわたしはどうしても許せなかった。結局わたしは心を病んでしまい流産してしまったの」

京子は涙を見せまいと唇をきつく噛みしめている。いきなり爆弾発言を聞いて友紀は声も出なかった。実家にいるのは事情があるのだとうすうすはわかっていたつもりだった。だが、実際に京子の生々しい言葉で聞くと、その事実の重みに友紀は押し潰されそうになった。

「京子、ごめんなさい。つらかったこと思い出させてしまって。わたしったら」

「いいのよ。どうしようもない過去のことよ。いくら隠しても事実は決して消えないわ。でも、すっきりしたわ。友紀に会ったとき、いつ、どう言ったらいいか、わたしすごく悩んだの。言わずにいようかとも考えたけど、でもそれは友紀をだましているような気がして、やっぱりほんとのことを言ってしまおうって、思い直したの。親友だってあなたが純な気持ちで向きあってくれているのに、本当のことが言えないのはあなたを裏切ることだから。わたしにはそれはどうしても、耐えられなかったのよ」

京子は眼を閉じると、両手を固く握りしめた。友紀は胸が熱くなった。

「うれしいわ、京子。ほんとのことを話してくれて。わたしに、何かできることがあったらいいのだけれど」

京子は涙を拭って笑った。

「友紀、いいのよ。聞いてくれただけで。ごめんなさい。心配かけてしまって」

「なに言ってるの。わたしたち親友でしょ」

胸がいっぱいになった友紀は微笑むと珈琲を勢いよく飲みほした。

「今はもうなるべく考えないで、前に進もうと思うようにしているの。友紀、珈琲お替わりしない」

京子がテーブルの上のベルを鳴らして注文した。すぐに熱いコーヒーがポットに入れられて運ばれてきた。

珈琲を飲んで気を取り直すと、高校時代の思い出に話が盛り上がっていった。京子の顔にも輝きが戻り、高校時代をほうふつさせる楽しいひと時がまたたく間に過ぎて行った。八時を回ると夕暮れの色が辺りを包み始めた。また近いうちに会おうと、二人はかたく約束をして立ち上がった。

帰りは友紀が電車に乗る浜崎駅に着く前に、「開かずの踏切」と言われている場所を通った。そこは埼京線が通るために線路を増やしたのだが、無人の踏切は従来通りの機械を使っているために、通過する電車が増えたことに対応できず、なかなかバーが上がらない。通行人が長時間待たされて通れないと、住民から苦情が出ている場所だ。友紀の住んでいるエリアの人は、そこを通ることは滅多にない。京子はここを通った方が距離的に近いのだと言って、そちらに車を向けた。

「友紀、ごめん。夕刻はここ渋滞するんだった。返って遅くなるかもしれないわ」

「いいわよ。京子、今日は急がないし」

「前に一台オートバイが並んでるわ。またあの人」

京子は運転席の窓から前方を見て、急に眉をひそめた。

「どうかした、京子」

「向こう側で踏切を渡ろうとしている人、もうおばあちゃんなんだけどご近所の人なの。足が悪くって耳の聞こえもよくないのに、この踏切はたまにしか開かないし、開いたら開いたで、二、三〇秒でバーが閉まるところなの。危険だからお年寄りは通らないようにって、見かけた人がいつも注意しているらしいのよ。見る度にもう、はらはらするの」

「そういうお年寄りって多いわね。見た感じ、八〇代かしら」

友紀は助手席から身を乗り出して、バーの向こう側へ眼をこらした。

「ええ、八〇代だと聞いたわ。でも、そうはいってもあの人はここを渡らないと困る人なのかもね。ここを歩いているのをよく見かけるし、わたしにも手をあげて、ゆっくりお辞儀をするのよ」

京子は不安そうにため息をついた。

「古くから住んでる方なのかしら」

「そうらしいのよ。母や妹に聞いても知っている人みたいだし」

友紀もバーの奥を見つめながら続けた。

「きっと、お年寄りにとっては、遠回りはきついのかもしれないわね」

「踏切をなくして、立体歩道橋にしているところも結構、浜崎市ではあるようなんだけど、ここはまだ少しも改善されていなくて、商店街の役員が国土交通省や市に申し出ているんだけどなかなかね、進まないの。浜崎市内でも開かずの踏切は四十三か所もあるんですって。踏切全体の四分の一だそうよ」

京子は深いため息をついた。

「立体にするという手もあるわね。でも階段の上り下りはお年寄りにはつらいわ。エレベーターの設置がなければ何にもならないでしょうね。費用の問題とか、難しい問題がやはりあるんでしょうね」

バーの向こう側に並んでいる人々の後ろの方に、埋もれるように老女は杖をついて立っている。どんどん膨らんでくる人の波に列からはじき出されてしまいそうに杖にすがっている。

その時、電車がものすごい勢いで通過し、バーが上がり、車が動き始めた。車と人の波が交錯しながら、大勢の人がわれがちに足を速めて線路を渡っていく。京子の車も渡った。後ろを振り向くと警報機が鳴り出していた。まだ数十名の人の群れが渡り切れずに続いている。バーが下がりだした。降りてくるバーを持ち上げながら、無理やりみんなが渡っていく。身体を引きずるような緩慢な動きで、やっと渡りきった老女の姿が友紀の眼をとらえた。

## 三

同窓会から一か月後、友紀は京子の実家を急に訪ねてみようと思い立った。

かつて高校三年生の時に何度もそこに行った記憶がある。友紀の住んでいた町のエリアからは電車の線路を越えて、小高い丘に向かうかたちで、かなりの距離を歩かなければならない。しばらく上り坂を登っていくと、川向町の街並みが見えてくる。その街の商店街のなかに、昔ながらの花屋があった。文房具店と自家製パン屋に挟まれた格好の、さほど大きくない店で『佐橋フラワーストア』と剥げかかった看板が立っている。歩道までせり出した店先には四季折々の鉢花が並べられて、通り過ぎる人たちの眼を楽しませているのだった。

あたりの風景は以前とかなり変わっていた。商店街の店はほとんど代替わりしていたし、昔ながらの本屋はなく、ゲームセンターやカラオケスナックのような飲み屋に変わっている。ただ、平日なのに昼時を過ぎても、人通りは意外に多く賑わっていた。都会のなかの喧騒には及ばないが、どこも店を開け、商品を並べて店員の売り声も響いている。

アーケードから下がっている初夏らしい横断幕も華やかな彩りを添えていた。

「京子さん、あら、どこに行ったのかしら。おかしいわね」

初老の女性が、花屋のドアから不意に顔を出した。

矮性のひまわりとラベンダーの寄せ植えの花かごを並べて、値札をつけていた女性が振り向いた。父の日のギフトの花かごである。黒のエプロンをつけた活動的な服装であった。

「お母さん、ついさっき、お父さんと配達に出かけたわよ。車の音がしていたし。でも、お姉さんになにか用なの」

「そんなこと言ってたかしら」

「お母さんったら、朝ご飯食べながら、お姉さんが言ってたじゃない。しょうがないなあ、このごろ、物忘れが激しいんだから」

「そうだったかね」

母親は娘のとげとげしい言葉に急に不機嫌になったらしく、店のなかへ戻ろうとした。

そのとき、ふと外に視線を泳がせて驚いた声をあげた。

「まあ、珍しい。えっ、羽田さんでしょ。友紀ちゃんよね。まあ、ほんとに懐かしいわ」

友紀は気圧されたように慌てて頭を下げた。友紀は商店街の入り口の八百屋で買った果物の包みを下げて立っていた。

「ご無沙汰しています。巻村友紀です。懐かしくてつい、お電話もせずに来てしまいました。京子さんはいらっしゃいますか」

友紀はおもむろに果物の包みを渡して言った。

「あら、わざわざ来てくれたのね。こんな気を使わなくていいのよ。京子は今、主人と配達に行っているけど、ぼちぼち帰ってくるころだから、なかに入って待っていて。すぐに戻りますから。京子がきっと喜びますよ」

　穏やかな笑顔を見せた母親の誘いに吸い寄せられるように、友紀は二階に上がった。古びた階段も軋む音も昔のままだった。

「それにしても、友紀さんはお若いわ。京子と同い年とは思えないわね。えくぼもそのままで」

　茶と菓子を運んできた母親は友紀の顔をつくづくと眺めた。

「京子と並んで、まるで本当の姉妹みたいに仲が良かったわね。友紀さん、結婚なさって巻村さんになったのね。時々京子からあなたの話は出るのよ。なんでも先月、同窓会で久しぶりにお会いしたとか」

「そうなんです。同窓会で二十五年ぶりにお会いできてとても嬉しかったです。今日は仕事が休みだったものですから、つい京子さんに会いたくなって突然来てしまいました。すみません」

　友紀は座り直すと、恥ずかしそうに笑った。

「なに言っているのよ。もう帰ってくるころですから。あの頃は、二人一緒によく遊んでいたじゃないの。自分の家だと思っていいんだからね」

「おばさんにそう言っていただけると、とても嬉しいわ。ところで外の女性の方はもしかして妹さんの香織さん、見違えたわ」

「そう、香織よ。よく友紀ちゃんも一緒に遊んでくれたわね。あの頃はまだ七つか八つでしょ。今はもう三十過ぎよ。まったくひとりで大きくなったつもりで、うるさいくらい世話を焼くの」

親を何だと思っているんだろうと母親は眉をひそめて、ひとり言を言った。

「おばさん、まだ全然お若いわ。お元気でお店を続けていらっしゃるもの」

目尻に皺があるものの、艶のある頬を見つめながら、友紀は微笑んだ。友紀に茶を進めながら、母親も人懐っこい笑顔を向けて言った。

「川向堂の人気の和菓子『清流の月』よ。友紀ちゃん、大好物だったじゃない。どうぞ、たくさん召し上がって」

和菓子は皿に三つ盛られている。

母親は急に立ち上がった。階下で電話のベルがけたたましく鳴っている。

友紀はゆっくりと茶を飲むと和菓子の包みを広げて食べ始めた。甘い香りが口のなかいっぱいに広がった。

ほどなくして、京子が父親と車で戻ってきた。突然の友紀の訪問に、京子は喜々として二階に駆け上がってきた。

黒のエプロンにジーンズ姿の京子は同窓会の時よりもずっと活動的で、若々しさが漲っていた。

## 二　トリーズ珈琲店

### 一

街は急ピッチで暑い夏に向かっていた。

京子の家を訪ねてから、さらに約一カ月が過ぎていた。

七月十五日、友紀は福祉支援員の研修会の講師を再び頼まれて、偶然京子の実家の近くに行った。その帰り道、また商店街を通ったが二度目の突然の訪問はやはり控えようと思い、喫茶店を探していると京子が言っていたトリーズ珈琲店の看板が眼についた。

中は山小屋風の造りで、奥に八人座れるカウンター席があり、夜はちょっとしたバーにもなる雰囲気の店のようだ。窓際に四人掛けのテーブルが四つ並んでいて、どれもカップルの客で埋まっていた。籐椅子に洒落たゴブラン織りの座布団がついている。

友紀は店の真ん中にあるマホガニーの台に惹きつけられた。水色のガラスの大きな花瓶がのっていて、黄色いバラと青色のデルフィニュウムの花が絶妙なバランスで活けてあるのに眼を奪われたのだ。

友紀はその花に雷に打たれたような衝撃を覚えた。呆然と花に見入っている友紀の傍に若い女店員が近づいてきた。白いブラウスに黒のスカートとベストを着ている。

「素敵でしょ、この花は。しかも素敵な女性が活けたものなのですよ」

「ひょっとして、佐橋京子さん」

「よくご存じですね」

女店員は籐椅子をひいて友紀に座るように合図しながら言った。花瓶の花の周りを囲むようにテーブルが置かれ、十二個の籐椅子が添えられている。

「花好きの方はこの周りに大抵座られるのです。今はまだ誰もいませんが、七時ごろからどっと混みあいます。どの角度からも見栄えがするように活けてあるらしいのです」

「そうなの、それは素敵ね」

友紀はウインナー珈琲を注文するとつけくわえて言った。

「やっぱり女性が多いのかしらね。お客は」

「逆に男性の方が多いのですよ。この店は気持ちが落ち着くとか、花を見ると癒やされるとかおっしゃって」

「そう、男性がねえ」

有線放送なのか、ピアノの静かなクラッシック音楽が店内にゆったりと流れていた。ふと視線を巡らせると、壁の片面に以前の花の写真がパネルになって、五枚ほど張られている。すべて京子の作品なのだろう、どれも見ごたえのある、力の入った作品であった。

ウインナー珈琲を運んできた女店員に友紀は尋ねた。

「この花のパネルも京子さんが作ったのですか。見事ですね」

「いえ、それはオーナーの方が写真を撮って、パネルにしたものを掲示しているんです。時々季節ごとに入れ替えたりなさってます。京子さんは恥ずかしいからやめてとおっしゃってましたが」

「ここのオーナーは藤田さん」

「ええ、藤田敏夫さん。ご存じなんですか」

「ちょっと知っているだけなんだけど、今日はいらっしゃる？」

「申し訳ありません。今日は出張で東京の方へ行っています。明日の朝、戻ると申していました。オーナーになにか急用ですか」

「別に用事ないんですが、ご家族の方はどちらにお住まいですか」

「オーナーは独身です。一人暮らしだと聞いていますが、なにか」

　女店員は微かに怪訝な顔をした。

「ごめんなさい。特段意味はないんです。ふと思ったもんだから、こんな素敵な喫茶店を経営されている方はどんな方かと」

「とても親切で優しい方です。この花の京子さんとは高校の同級生でとても仲がいいんだそうですよ」

　二人は特別な関係だと言いたげな口ぶりである。

　友紀は「お調子もんの藤田」とはかなり印象に落差があると感じた。自分の知らない京子がそこに横たわっているように、思えたのだ。

　友紀はどうしても京子と話したくなった。だが、実家の花屋に電話をしたが、京子も母親も不在で、留守電になっている。携帯もつながらなかった。夕飯の買い物に出ているのかもしれない。商店街の歩道ですれ違うかもと考えた友紀は慌てて外に出た。ふともう一度トリーズ珈琲店のなかを振り返ると、真ん中の花々が華やかな存在感を漂わせて、友紀に微笑んでいるようだった。

　友紀は昼の暑い日射しの名残が感じられるアスファルトの歩道を、汗を拭き拭き歩いていった。

「友紀、友紀ったら！」

　道路の左側にエンジンを切って止まっていた赤いセダンから、顔を出してしきりに手を振っている人がいる。車の色でもしやと思ったが、なんと京子だった。

「偶然ね。今、京子はどうしているかしらって思っていたところよ」

　友紀はすぐに車に走り寄った。京子が窓を開けて不思議そうな顔をして微笑んでいる。

「どうしてここに」

「偶然この近くに出張があったのよ。せっかくだから会えるかなあと思って電話したけど携帯もつながらなくて」

　友紀は弾んだ声で、京子の顔を見つめて言った。

「ああ、運転中だったから、出れなくて。今、帰り」

「駅に向かっているところなの」

「今度でいいから、じっくり時間を取ってもらえる。あなたに相談したいことがあるの。

実はね、悩んでいることがあるのよ」

京子は眉をひそめて、ささやいた。

「今でもよくってよ。まだ時間あるし」

「今から妹を連れて出かけなきゃいけないから、ごめんなさい。今月中に会えるといいんだけど。時間とれるかしら。友紀」

「大丈夫よ。来週なら、また半日出張があって、早く終わるから、三時ぐらいにはここに来れるわ。来週でも間に合うかしら」

友紀は力を込めて言った。

「じゃ来週、三時に予約ね。嬉しいわ。やっぱり、友紀に話すのが一番だと思えてね。楽しみにしているわ」

京子は元気よく手を振ると車のエンジンをかけた。

遠ざかっていく車を眺めながら、友紀は再び、トリーズ珈琲店の黄色いバラを思い出していた。

二

　一週間はまたたく間に過ぎていった。

　京子の相談はいったい何だろうといぶかしく思えた。同窓会の帰りのカフェで、離婚したことを語ったときの京子の悲哀に満ちた表情が思い出されて、友紀は不安が募った。約束の日が近づくと、前日に京子から携帯に発信があった。その日は妹が父母を連れて歌舞伎を見に行くので、店に来てもらいたいということだった。

　京子は弾んだ声で電話してきた。

「店は閉めるんだけど、わたしは翌日フラワーアレンジメントの教室があるので、準備のために留守番というわけ。でもちょうど友紀とゆっくり話すにはいいから、それでいいかしら」

「もちろんよ。その方が落ち着いて話せるわ。でも香織ちゃんもえらいわね。ご両親を連れて歌舞伎につきあうなんて」

　友紀は父の日ギフトの値札をつけていた女性を思い浮かべて言った。

「まあね、たまには親孝行したいのかも」

　京子は声を立てて笑った。

翌日は、梅雨も明けた暑い日だった。

照りつける陽光がアスファルトの歩道に眩いほど反射している。

汗だくになりながら、三時過ぎに店に着くと、京子が二階の窓のベランダから勢いよく手を振っているのが見えた。

「友紀、ようこそ。忙しいのに、来てもらって申し訳ない」

「京子、ロッテのバニラアイス買ってきたわ。バニラ好物だったでしょ。一緒に食べよう」

「今も大好物よ。ありがとう」

二階のドアを開けると京子は友紀の包みを見ながら笑った。

「懐かしいわ。このバニラアイス、よく友紀とも食べたわね。わたしは帰り道にこれを買うのが楽しみだったわ」

二人は早速アイスのカップをテーブルの上に置いて食べ始めた。美味しい、美味しいと言いながら、京子は微笑んだ。

「ああ、キーンときた」

友紀はスプーンで次々とアイスを掻きだして食べたが、あまり慌てたので、脳天まで冷たさが届いて眼を瞑った。

「ほんと、きたきた。わたしもきたわ」

二人の眼が合って、思わずにぎやかに笑いだした。

「あす、教室を開くのね。場所はどこ」

友紀は何気なくたずねた。

「それが、いつもは町内会館の二階なんだけど空いてなくて、今回はトリーズ珈琲店の二階を借りて、することになったの」

「ああ、藤田くんの店。この前、偶然そこに行ったのよ。あなたと連絡が取れなかった日に、喫茶店で休もうと思って。そうしたら中の大きな花びんに花が活けてあって、驚いたわ。あなたがあそこで活けた花よね。黄色のバラ、とても素敵だった」

「ああ、あの作品見てくれたのね。藤田くんはお調子もんと今まで思っていたけど、大人になって会ったら、少し違ったの。藤田くんのお陰でわたしのアレンジメントも上達したという感じで。やっぱり作品を常時飾ってくれるところがあるだけで、気合いが入るから、もう一年以上になるわ」

「わかるわ。絵なんかも認めてくれて、飾ってくれるお得意さんがいるかいないかで、才能の伸びが違うらしいもの」

「そうよね。でも」

京子はうつむいてため息をついた。

「ひょっとして、相談って」

「わかる。友紀、わたし、ほんとは怖いの」

「怖い」

友紀はまじまじと京子の顔を眺めた。

「このままいったら、藤田くんをもう無視できなくなるし、いい人だと思う気持ちがどんどん膨らんできて、負けてしまいそうになるのよ」

「京子のこと、いまだに藤田くんは思いを寄せているんじゃない。ずっと独身だって聞いたし」

「そうなのよ。でも、はじめの出会いで男女って決まると思うの。前の夫とは別れたけど、初めて会った時に、すごく自然に伝わってくるものがあったのよ。この人となら一緒に歩いていけそうだという。友紀だって今のご主人のことを考えたらわかるでしょ。藤田くんは今はすごく親切で優しくていい人かもしれないけど、まだ、そんな気にはなれないのよ」

「わかるような気がするわ。藤田くんにプロポーズされているとか」

「実は同窓会の後の幹事会の帰りにね。わたしが断れないってわかってて、言ってるように思えてますます嫌になってきたの。周りをどんどん固められて、追い詰められて逃げ場がなくなるっていうの苦手だわ。友紀はどう思う。友紀の意見が聞きたくて」

　京子は真顔で友紀の眼を見つめた。

「難しいわね。そう言われても、藤田くんの長年の思いもわかるし、でも京子がこれからの人生をどう生きていきたいかによるわね。藤田くんが今も京子のことを大切に思っているのはトリーズに行ってすごく分かったわ。今までの京子の作品をパネルにしてきれいに壁に貼ってあったわよ。なかなかできることじゃないわ。あなたが作った作品の一つ一つをていねいに記念にしてくれている。あなたへの思いがそれを見ても伝わってくるもの」

　それにしても京子はまだ以前のご主人が忘れられないのだろうかと友紀は疑念をもった。そんなに簡単に吹っ切れることではないのかもしれない。でも今それを言い出すことはやはり控えようと思った。いろいろあっても前に進むしかないと京子はレストランカフェで話していたのだから、その気持ちを大切にしてあげたいと思うのだった。

「京子ははじめの出会いで男女が決まると言ったけど、いろんな形があっていいんだと思うな。再会して突然愛が生まれることだって、あると思うし」

　京子を少しうらやむ気持ちを抑えながら友紀は続けた。

「結婚はこりごりだとか、もう好きな人が現れても絶対しないとか思っているわけではないんでしょう。京子は昔からいろんな方面で魅力がある人だもの、好きだと思う人はきっといるわよ」

「まあね、絶対しないとか、そこまでは言ってないつもり。わたしだって一人は寂しいと思うこともあるし、いい人がいたら、再婚してもいいとは思っているけど」

京子は真顔になって考え込んだ。

「なら、真剣に考えてみたら。藤田くんは本気よ」

「うーん、でも具体的にはなかなか気持ちがそこに行かないけど、友紀が思いきって藤田くんと結婚したらいいんじゃないと言うならそうしようかなあ。それとも」

京子は顔を引きつらせて、冗談のように笑って言った。

「いやだ、それこそお調子もんでしょ」

「そうよね」

友紀も苦笑して言った。京子はさもおかしそうに笑った。

そのとき、階下でけたたましく電話が鳴った。

「あら、誰かしら。注文か、明日の教室のことかわからないので、ちょっと出てくるわね」

階段を駆け下りていく京子の背中を眺めながら、電話は藤田からではないかと友紀は思いをめぐらした。京子は無理をしているような気がしてならなかった。もっと自然に、もっと素直に考えてもいいのではないかと友紀は思っていた。

——逆に。

もう京子は結論が出ているのかもしれない。あえて相談したのは、自分の気持ちを見つめ直してみたかったのだろう。

再び二階に姿を見せた京子は友紀にすまなそうに言った。

「ごめんなさい。明日の教室の打ち合わせを六時から町内会の会議室でするというのでちょっと行ってくるわね。もう少し友紀と話したかったけど、会館はずっと丘の上だから、友紀とは方向が反対なの。帰りに送っていけなくて」

「六時ってもうすぐだし、急がないと。わたしもこれで今日は失礼するわ。また連絡し合いましょ。同じ浜崎市内ですもの。でも藤田くんのことは、京子が自分で納得できるまで時間をおくしかないかな」

「そうよね。ありがとう。でもなんかちょっとすっきりしたわ。もう少しよく考えてみる。わたしなりにどうしたいか、まだ曖昧になっているのね。再会して生まれる愛か。考えてみるわ」

京子は赤いTシャツに白い上着を羽織って、友紀と一緒に連れ立って外に出た。駐車場に来ると助手席側のドアを開けて言った。

「これ、荷物になるかもしれないけど、ピュアホワイトといってトウモロコシの珍しい品種。北海道の友だちから送ってきたの。真っ白でしょ。あまり馴染みがないかも知れないけど、生でも食べられて甘くて美味しいの。もちろん茹でても美味しいわよ。ほんとは今日は帰りに友紀を送っていこうと思って届けるつもりだったのに残念ね。ごめんなさい」

京子は小型の段ボール箱からまだみずみずしい、まるで実の一粒一粒が真珠のように輝いているトウモロコシを六本取り出すと、友紀に渡して言った。

「これ、ご家族で食べてね。まだ届いたばかりだから美味しいはずよ。ちょっと重くなってしまうけど」

「わーっ、ほんとに綺麗。いいの、京子。こんな貴重なものをありがとう」

友紀はもらったトウモロコシの真珠色に光った粒を撫でた。傍らにあった紙袋を渡して京子は微笑んだ。友紀も京子を見つめてうなずいた。

「なかなか会えなかったけど、今日はよかった。わたしの悩みも聞いてもらえたわ」

「まだ結論はでなかったけどね。男女のことは案外成り行きかも知れないし。京子、ゆっくり考えて結論出してね。どっちでもわたしはいつでも応援するから」

京子は友紀の言葉に微笑んでうなずくと車に乗り込んだ。

「友紀の言う通りかもしれない。わたしの気持ちの整理がまだできていないのね」

京子は手を振ってドアを閉めると、エンジンをかけた。

「友紀、またね」

渡された六本のトウモロコシの入った紙袋を抱えながら、京子の車を見送った。

おそらく藤田は京子が結婚を断っても、今のままの関係は続けていくのだろうと思った。京子の作品をいつも身近に眺め、二人の時間を共有できることだけで満足しようとするかもしれない。そういうひっそりとした愛もあるのだろうと思えた。それでも、時間が二人の隙間を埋めていくかもしれないのだ。未来のことは誰にも分からないのだから、藤田にいつかそのことをそっと伝えたいものだとも思った。いつの間にか友紀は二人を応援したくなっていた。

――今度、京子と顔を合わせる機会があったら。

思いきって藤田くんと結婚したらと言ってみようか。京子はもう嫌とは言わないのではないかという気もした。

ふと友紀は、帰りにトリーズ珈琲店の京子が活けている花を見に行こうと思いついた。夏の六時はまだ明るく日没までには間があった。黄色いバラから一週間が過ぎている。今はどんな花が活けてあるのだろうかと、とても興味を持ったのだ。

# 三　カサブランカ

## 一

トリーズ珈琲店のなかをのぞくと、友紀の視界に赤と白の色彩が飛び込んできた。カサブランカと深紅のバラが寄せ合うように活けられている。思わずドアを開けて、近くの席に座って見入った。白百合の芳香が辺りに漂って、深紅のバラが気品を添えている。やはり、枯れてしぼむ前にきちんと花は取り換えられていたのだと友紀は感心した。

「友紀さん、来てくださったんですか」

「あら、藤田くん、久しぶり」

後ろから声をかけた男性は藤田だった。同窓会で見かけたが、じっくり話をしたわけではなかったので、まじかに顔を合わせるのは二十五年ぶりと言ってもいいほどである。かつての軽々しい印象とはかなり異なっている。昔の面影はありながら、年相応の落ち着きと自信のある物腰が渋みを加えて好感を与えている。少し照れながらしゃべる癖は昔のままだが、それがむしろ穏やかで優しい表情に見える。

「この花、京子のアレンジでしょ。見事だわ。ほんとに素敵」

「そうでしょう。とても好評なんですよ。この花を目当てに来るお馴染みさんも多いんですよ。僕は毎回写真を撮って、パネルにしているんです。もう一〇枚以上になりますよ。今貼ってあるのは五枚ほどですが」

「写真集ができますね」

友紀は壁に貼ってあるパネルを見ると、振り返って言った。

「僕もいつか記念にそうできたら、と思っているんです。京子さんには内緒ですが」

「でも京子も藤田くんには感謝しているみたい。発表する場があるから気合いが入るって言ってました」

「京子さんは昔からスポーツも万能だったし、いろんな才能を持っている方なんです。いつも先を歩いている方だから、不器用な僕はいつまでたっても追いつけなくて。せめて京子さんの才能を伸ばすことに協力させてもらいたいなと思っているんです」

藤田はふと寂しげな表情でうつむいた。

「友紀さん、珈琲飲んでってください。注文があるたびに焙煎する本格派ですから、美味しいですよ。あまり、高価な珈琲豆は使っていないのですが」

女店員が微笑みながら珈琲をポットつきで運んできた。京子が連れていってくれたレストランカフェで飲んだものとよく似ていた。

「この珈琲」

そう思って振り向いて藤田を見ると、何やら深刻な顔で携帯で電話をしていた。

香りを楽しむように友紀はゆっくりと珈琲を飲んだ。ブラックで飲むのが一番友紀は好きである。そこに藤田が不安な面持ちで足早に近づいてきた。

「友紀さん、京子さんと今日、店で一緒じゃなかったですか」

「三時から店で京子と話してました。でも六時前に電話がかかってきて、会館の会議室に来てくれという電話があったからと別れましたが、なにか」

友紀も微かに不安がよぎった。

「ずっと待っているのに会館には姿を見せないというのです。なにかあったのかな。ほかに寄るとか言ってませんでしたか」

「急いで会館に行くと言って、車で行きましたが、もう七時近いですよね。とっくについていると思っていましたが、少し心配ですね。どうしたのかしら」

「でも京子さんはなにかを思いつくとその時にしないと気が済まない人だから、またなにか思いついたんでしょうね。大抵遅れる人だし。今までにもよくありましたから」

「ここの二階で明日は教室をすると聞きましたが」

「ここの会場はもう準備万端できているんです。後は明日の朝に花材や花器など、こまごましたものを車に積んでくるはずなのです。きっと足りないものに気づいたとかでしょう。あすは早朝から準備に忙しいので、今日のうちにやろうと思ったのかもしれません。そのうちにケロッとした顔で現れますよ」

藤田のむしろ落ち着いた言い方に安堵して、友紀はゆっくりと珈琲を飲み干した。常連の客が次々と入ってきて、辺りは席が埋まってきた。友紀は八時を過ぎたので、トリーズ珈琲店を後にした。

もう外は薄暗くなりかかって、うっすらと夕焼けも辺りを包みこんでいる。友紀は帰りにまた「開かずの踏切」を通っていくことを思い立った。渋滞するけど近道なのよという京子のどこか弾んだ懐かしい声が、耳元で蘇ってきた。


目の前に踏切が見えてきたとき、友紀は不意に得体の知れない不安な思いに包まれた。たくさんの人だかりと救急車のサイレンとパトカーの急停車する音。ざわざわと落ち着かない悲鳴のような声が友紀の耳に聞こえてきた。上りと下りの電車が止まっている。バーの前に並んで止まっている乗用車の最前列に、赤いセダンがあった。

「どうかしたのかね」

「人が轢かれたらしいよ」

「お年寄りの女性だろう？　前から危ないと思ってたんだよ」

「いや、それがどうも違うらしい。もっと若い女性らしい。赤い車から飛び出してきて」

——赤い車、まさか。

人々が口々に語る言葉が耳に次々と飛び込んでくる。胸が早鐘のように鳴っている。

友紀は駈けだした。バーに近づくと立ち入り禁止の黄色のテープが貼られている。ふと見ると、赤いセダンの運転席側のドアが半開きになっている。なかには誰もいなかったが、助手席には見覚えのあるピュアホワイトの箱が横倒しになって、真珠色に光ったトウモロコシがこぼれて散乱している。

——友紀、またね。

そう告げた京子の声がまだ耳に残っている。どんどん野次馬が押し寄せてきている。立ち話をしている人たちの声が、友紀をこの上もなく怯えさせた。

「誰かが緊急停止ボタンを押したんだけど、まにあわなくてねえ」

「でも、おばあさんは助かったのよ。さっき救急車が来て運ばれていったの」

友紀は人混みのなかに揉まれながら、しゃべっている人に向かって問いただした。

「今来たばかりでわからないんですが、なにがあったんですか」

買い物帰りの中年のおばさんがすぐに興奮した面持ちで話してくれた。

「ちょうどここを通ろうとしたら、バーが閉まってきてね。後ろに下がって待とうとしたら、向こう側から歩いてきたおばあさんが線路の真ん中に取り残されていたんだよ。転倒して足をくじいたみたいで動けなくってね、急ブレーキの音がして赤い車から赤いTシャツの女性がものすっごい勢いで『助けなきゃ！』と叫んで飛び出してきて、おばあさんを背負って安全な場所に運び込んだと思った途端、あっという間に電車にはねられてしまったんだよ。痛ましいねえ。可哀想に。わたしゃ、大変なものを見てしまったよ」

友紀はすぐに、京子の実家に電話したが、誰も出なかった。慌てて電話帳で調べてトリーズ珈琲店にも電話したが、藤田は不在である。もうこの事故のことは知らされているのだろうか。

——京子はなぜ、ここの踏切を通らなければならなかったのだろう。

確か、京子は会館は丘の上にあると言っていた。だから、わたしを送れないのだとも。なぜここを通る必要があったのだろう。

だが、今さらそんなことを考えても仕方がないのだろうと友紀は思い直した。最近の京子をよく知っている藤田が言うように、会館に行く前にどこかに寄るつもりだったのだろうが、あのままぐに丘の上に向かっていたら、こんなことに遭遇しなかったのにと思うと、やはり悔いはどうしても残るのだった。

どうしてもどう考えても、京子にもう二度と会えないという現実を受け入れることなどできないと思った。大声で京子の名を呼びたい、もう一度京子に会いたい！　京子を突然失うなんて、どうか夢であってほしいと眼を閉じた。

あきらめきれずに、友紀は周りに集まっていた人たちをつかまえて、問い続けた。

「すみません、その、轢かれた方はどこに運ばれたのですか」

「さあ、どこだろう。もう即死だったらしいからねえ、気の毒に」

「あんたは知り合いかね。可哀想に。親が知ったらどんなに悲しむだろうに」

「自分の命と引き換えにするなんて、驚いたよ。きっと立派な娘さんだったんだろうけどねえ。痛ましいね」

「ああ、もう一瞬、もう一瞬あの娘さんが早かったらなあ。助かったのに。惜しかったよ。ほんとうに」

だが、人々が興奮気味に話しかけてくれる言葉が友紀の胸に次々と突き刺さり、聞けば聞くほど、耐えがたいつらさが一斉に押し寄せてきた。友紀は一瞬でもこの場所にはもういられないと思い、人垣をかきわけて歩き出した。

どこをどう歩いているのかもわからないほど全身が総毛立ち、激しい嵐に遭った人のように頼りなげにふらつきながら足を踏みしめ、友紀はひたすら歩き続けた。

友紀は京子にもらった真珠色のピュアホワイトを見つめて一本取り出し、震える手で強く握りしめた。京子から渡されたときの感触をもう一度確かめるように胸元に抱えた。その時の京子の微笑んだ顔と声がよみがえり、友紀の胸を締めつけた。こみ上げてくる涙を拭いきれずに、呆然と足を運んだ。

ようやく見覚えのある浜崎駅前にたどり着いたとき、人身事故のために電車が不通になっていることが改札の小黒板に書かれ、報じられていた。

## 二

京子の通夜も終わって一週間後の朝、友紀は白いトルコキキョウの花束を抱えて、踏切のバーの前に立った。

通夜には、高校の同窓生をはじめ、近隣の人たちが最後の別れに訪れ、長い列をなした。あまりに突然のことで家族はもちろん参列者の多くは涙をこらえることができなかった。読経やすすり泣きの声が式場の外にも洩れ聞こえていた。

とりわけ藤田の悲しみに打ちひしがれる姿は正視できないほど、参列者の涙を誘った。

「京子さん、あなたは永遠に手の届かないところに行ってしまった。僕はどうしたらいいのか。こんなことならもっと早く、あの踏切を閉鎖してしまえばよかったんだ」

大声であたりかまわず号泣する藤田を同窓生たちは、なだめ落ち着かせようと集まってきた。友紀も藤田に向かって声をかけずにはいられなかった。

「ああ、藤田くん」

「ああ、友紀さん。僕はあの日、どうしてのんびりトリーズにいたんだろう。異変に気づかなかった自分が許せない。許せないんだ」

「そんな、藤田くん、わたしだって、わたしだって、まさか、そんな」

友紀は涙が溢れてきた。藤田は両手で顔を覆い、嗚咽をこらえて椅子の影にしゃがみ込んだ。もう立ち上がる気力も失せたというように目を閉じてしゃくりあげている。

あの日京子の家で、実はわたしと何を話していたのかを今、伝えようかと友紀は迷ったが、もう誰の話も藤田を救うことなどできないと思うと一言も話せずにいた。

「ああ、友紀さん、こんなことになるなんて、ほんとに驚いたわねえ」

同窓会幹事の藤堂だった。

「ほんとに、まさか、こんなことに」

友紀は言葉を失った。同窓生に面と向かって言われると、急に現実味が迫って来るのだった。

「おい、藤田。大丈夫か」

藤田の同窓生たちが慰める言葉もなく、藤田を囲んで見つめ、立ちつくした。

幹事の一人がつぶやいた。

「京子さんって、きれいな人だったよな」

傍にいた人たちが低い声で次々に言い合った。

「ああ、きれいだし、やさしい人だった」

「彼女のフラワーアレンジメントはすごかったな。実は俺は隠れファンだったよ。もう教室にも通えないんだな。残念だ」

「俺はまだ、信じられないよ」

「藤田のトリーズに行っても、彼女の花を見ることはもうないんだな」

「本当に気の毒に。でもどうして、そこまで」

「運動神経のいい人だったから、絶対助けられると思ったんだろうか」

「それにしても、ねえ」

遠慮がちではあったが、自分にはできない、そこまでやることはなかったということをにおわせる発言をする人たちがいた。

高柳は藤田の周りに集まってきた同窓生たちのところに心配そうに近寄ってくると、彼らをたしなめるようにこう述べた。

「僕はそうは思わない。京子さんが日頃から大切にしてきたことを思うと、やむにやまれぬことだったのだと察することができる。人間が生きていくうえで、なにを一番大切にしていかなければならないのか。そのことを今回は改めて京子さんに教えられたと思っている。これ以上、故人のことを云々するのは控えよう。今は静かに祈ることしかわたしたちには残されていないのだよ」

高柳の言葉は友紀たちの心に染み渡った。高柳は藤田を静かに抱え起こすと椅子に座らせ、痛ましそうに京子の遺影を見つめて眼をうるませた。

まだなまなましい事故現場は、堆《うずたか》く積み上げられた花束や供え物が、線香のほのかな香りとともに、置かれたままになっている。京子が生前愛用したテニスのラケットが綺麗に花で飾られて添えられていた。京子の笑っている写真の傍らにメッセージカードが立てかけてある。「あなたの尊い勇気を決して忘れません」という文字が友紀の胸に突き刺さる。

——藤田くん。

大判の厚紙に「痛ましい人身事故を無くすために開かずの踏切を閉鎖しよう！　エレベーターのある立体歩道橋を建設しよう！　藤田敏夫」と書かれた看板もたてかけてあった。その下に京子の好物だったロッテのバニラアイスのカップがふたつ供えてある。

辺りは真夏の日射しが照りつけ、何もなかったかのような平穏な光景が広がっていた。出勤する人たちの流れが始まっている。花束の山に視線を走らせ、目頭を押さえて通る人もいた。呆然と立ちつくす友紀を見ながら、どんどん通り過ぎていく人も……。

柔らかな花びらを幾重にも重ねて咲いているトルコキキョウの花は、同窓会で京子が着ていたフリルのブラウスのように、優しく風にそよいでいた。

朝の始発電車が遠くに見えてきた。

バーが下がり、警報機がやかましく鳴り始める。友紀は流れる涙を拭うことなく、下がったバーの傍らに立ち続けた。

京子が最後に手渡してくれたピュアホワイトが友紀の脳裏に浮かんでいる。

友紀は花束をそっとバーの近くに置くと、手を合わせて黙とうした。

京子が飛び込んだという線路の上をじっと見つめた。これからもたくさんの人たちと人生を歩んでいくはずだった、かけがえのない友のことを思った。

電車が去り、バーが真夏の眩い空に弧を描いて、上がっていく。

――友紀、またね。

京子が最後に告げた言葉が、一瞬の静寂のなかで耳元によみがえる。

――京子、わたしはあなたを決してわすれない。その笑顔、その手。そのしぐさ、ひとつひとつを。いつまでも心の奥にしまい込んでいくね。

友紀はふと、京子が笑いながら手を振る姿を見たように思った。

後ろを振り向くと、ゆっくり杖をつきながら、白い見事なカサブランカの花束を重そうに抱えて、一歩一歩、身体を揺らして歩いてくる老女の姿が涙で霞んで見えていた。

# 見知らぬ女

# 一　風の声

## 一

「それで、一平ちゃんは見たのかい。その女を」

ようやく昼の厳しい暑さも一段落して風が涼しさを運んできた夕暮れ、浜崎市の大泉公園にある高橋銀吉の小屋に一人の来訪者があった。

大泉公園一帯は鮮やかな夕焼け色に包まれている。湘南地区に近いこの公園は欅や楠などの大木が所々にそそり立ち、青々とした芝生が絨毯のように滑らかな輝きを放っていた。休日や日射しの穏やかな午後には、家族連れや近くのサラリーマンが訪れて賑わう場所だ。多くの車が速度をあげ行き交う道路からは見えにくいが、その木陰に野宿者が住んでいて、段ボールハウスやブルーシートに覆われた小屋が点在している。テント地で覆われた骨組みのしっかりした銀吉の小屋もそのひとつだった。木々の梢やベンチはもちろん、波打って艶やかに光る芝生にも今、茜色の光が惜しげもなく豊かに注がれて、大きく広がる空全体を色濃く染め上げていた。空と雲の間には、深みのある茜色に混じって透明な光が射しこみ、飛行機雲のような弧を描いて遙か遠くまで霞んでいた。

　あと数日で七夕の日を迎えるという日に、コンビニのそうめん弁当を重そうに抱えてやってきたのは浜崎商店街、会長の村田陽一である。小太りの身体をゆっくりと揺らしながら、初老の穏やかな顔に笑みを浮かべている。

「いや、村田さん、俺は実物は見ていないが、聞くところによると、とにかく怪しそうな女だよ」

　ちょうど小屋の入り口近くで、濡れタオルで上半身を拭いていた佐藤一平は、いち早く村田の言葉に反応した。少し天然ウェーブのかかった白髪交じりの髪に包まれた愛嬌のある顔立ちで、人懐っこい笑顔が爽やかだ。商店街のおばさん連中からも人気があり、ボランティアの仕事依頼の声がよくかかる。

「銀さん、村田さんが来てくださったよ」

　一平がブルーシートをたくし上げて高橋銀吉を呼んだ。奥の方で山田恵介となにやら小声で話し合っていた銀吉が、すぐに飛んできた。

「ああ、こんなところまで足を運んでいただき、すみませんね。毎度のことですが」

　銀吉はこの小屋の持ち主である。精悍な体つきで背筋の伸びた落ち着いた風貌で、とても七〇代とは思えないきびきびした動作の男であった。普段から身だしなみにも気を配っていて、今は涼し気な青のポロシャツ姿だが、背広姿の時も少なくなかった。野宿者の中でもリーダー的な存在であり、ボランティアの野宿者支援活動もしていた。

小屋の真ん中にあるテーブルの上にそうめん弁当を五人分並べて、村田に座布団をすすめると自分も腰を下ろした。

「怪しい女って、深刻な話ですか。胡散臭い女ってか」

銀吉も怪訝そうな顔を村田に向けて言った。

「いや、銀さん、ちょっと大きな声では言えないが」

村田は会長とはいいながら、いつも気さくな服装である。今日も作業着のようなジャージーズボンに半袖ワイシャツ、灰色の薄手ジャンパー姿であった。

一平も村田の隣に座った。

タイミングよく、奥からウーロン茶のやかんを運んできた恵介も首を傾げる。

「女のホームレスかなあ」

熱々のものをカップに注いでいる。カップからは美味しそうな湯気が立ちのぼり、村田の顔に思わず笑みがこぼれる。恵介は白髪交じりの髪を短く刈っていて、若々しい動きをする。Tシャツに穴の開いたジーンズでよく動き回っていた。

「ああ、これはどうも」

村田がカップを恵介から受け取ると頭を下げた。

「ネットカフェだと女のホームレスも最近たまっていると聞くがね。この辺でうろうろするのはあまり見かけないねえ」

やかんのお茶を注ぎ終えた恵介が言った。

「そうだろうが……」

村田は恵介に向き合うと遠慮がちに言い始めた。

「俺は漫画喫茶によくたまっている人に聞いたんだが、その女は近くの簡易宿泊所で寝泊まりしているらしく、しかもカメラで何やら所構わずバチバチ取ってると言ってたね」

再び不安を隠そうともせずに、村田は言い終えるとため息をついた。

「それ、新聞社かなんかの報道関係じゃないか」

一平が思いついたように言った。

「それか、警察、私立探偵」

「うーん」

恵介が続けて言うと、村田も銀吉も不安げに顔を見合わせた。

村田の表情を眺めながら、妙な厄介ごとでなければいいがと一平はふと思った。

小屋の奥から眠そうに眼をこすりながら、三笠良吉が現れた。汚れた作業着を慌ててはたいてきたらしく、落ち葉やゴミの残骸が作業ズボンに張り付いている。髪はまだ黒々としていたが、頭のてっぺんはかなり薄くなっている。緩慢な動作から倦怠感を漂わせていたが、細い眼は奥に涼し気な光を放っていた。

「おう、良ちゃん、眼が覚めたかい」

恵介が暖かい眼差しを向けて言った。恵介はいつも穏やかで無口だった。だが、言葉には出さなくても気配りは怠らない男だった。恵介の怒った顔は今まで一平は見たことがない。良吉は先刻まで近所の高齢者のお宅の片付けを手伝っていて、疲れ切った体を休めていた。持病持ちであまり体力のない良吉にはきつい仕事であったようだ。良吉がテーブルに座ると、狭い小屋の中がいっぱいになった。壊れたテーブルを大きなベニヤ板で覆った粗末なテーブルである。そうめん弁当にウーロン茶のカップ、それに夏場には珍しい温室みかんも真ん中に無造作に積み上げられている。

「ああ、そうそう、このみかん、大磯の親戚から昨日箱で届いたんよ。うちはかあちゃんと二人暮らしだろう。食べきれないから持ってきたよ。支援センターにも箱で送るように言っといたから、仲間にも分けてやってよ。銀さん」

「村田さん、すみませんねえ、いつも、助かります。夏みかんは食べるのに大変だけどこれはすぐに皮がむけるから嬉しいです。普段菓子パンが多い仲間には、ビタミンCをとるのにとてもいいですし。みんな喜びますよ」

　銀吉が小屋の責任者らしく丁寧に礼を言った。

「菓子パンばかりだと野菜や果物から取るビタミンが不足するからねえ」

　恵介も頭を下げながら言った。

「でも、村田さん、いいんですか。かなりの出費だし」

　恵介が心配そうに村田の顔を見た。

「いいんだよ。うちの商店街も物価が上がって、原価があがるもんだから、けっこう苦しくてね。みんなにも皿洗いや、空き缶の片付けをボランティアでやってもらって助かってるのよ。ほんとのこと言うとね。ほら、肉屋の森本光江さんなんて、どうしても女性だから重い荷物はつらいとこぼしていたから、とても感謝していたよ」

「村田さんにそう言ってもらうと、こちらも張り合いがあります。なあ、一平ちゃん」

「ああ、ほんとうに」

　一平は恵介としみじみと相づちを打った。二人とも皿洗いやゴミ出し、大型の物資運びをボランティアでやりながら、空き缶集めをして、わずかな生活費に当てている。コンビニの店長とも顔見知りで、時々期限切れの弁当や菓子類を融通して安くしてもらうこともあった。特に肉屋の光江は店を閉めるときに残ったコロッケやとんかつをパックに入れて持たせてくれるので、一平は救いの女神だなどと言っていつも嬉しがっている。高齢で、身体が動かなくなっていたり、病気で寝込んでいたりする仲間にはそっと届けてやったりもしている。一平たちのような野宿者と商店街の店の人たちとの友好的な関係は、ここ一〇年の間に親密度を増して形作られてきている。

「ああ、そうめんなんぞ何年ぶりかなあ。七夕そうめんを思い出すよ」

良吉は遠くを見るような眼をして、思わずつぶやいた。

「良ちゃんは一番若いくせに、すぐにホームシックにかかるんだな」

すかさず恵介が、熱いウーロン茶を飲みながら笑った。

「ああ、良ちゃんは大阪の方に娘さんと息子さんがいるんだったね」

一平がしんみりした口調で続けた。

良吉は一平を横目で見ると、うつむいて押し黙った。

「さあさ、みんないただこうよ。村田さん、いただきますね。ほらほら、一平ちゃんも、恵ちゃん、良ちゃんも」

銀吉が村田に顔を向けると、みんな食べ始めた。

しばらくそうめんを美味しそうに啜る音が小屋に響いた。気のおけない仲間とこうやって一緒に食事をするのはいつでも楽しいものだと一平は思う。一平はそっと、そうめんをうつむいて啜っている良吉の方に視線を投げた。家族につながる話題は過去の傷をえぐるようで、野宿者はみんな敬遠している。不意に話題が登った時などは、当たり障りのない話題に切り返し、ことさらに曖昧にしてきた。今も良吉の深い沈黙のなかに激しい拒絶の意志が透けて見えている。

一平は良吉にとてもすまない気持ちになった。悪気はなかったのだが、この場で言うのはやはりよくなかったのだ。「一言多いんだよ」と良吉に言われたような気がしたからだ。銀吉の小屋で暮らしている四人の野宿者は七〇代の銀吉を先頭に六〇代の恵介、五〇代の一平、そして良吉は四〇代後半である。それなのに、こうして並ぶと糖尿病で前歯がすっぽり抜けている良吉が一番年長に見える。少し前かがみの体をゆっくりと揺らし、暗い空洞の様な口を開けて、くぐもった声で喋る良吉が五〇前だとは誰も思わないであろう。それでも精力的に空き缶拾いや近所の高齢者への介護ボランティアをしながら、日々働いて生活しているのはみな知っていた。黙々と仕事をしながら、時々だるそうに身体を休める良吉を見かけると、誰しも声をかけて手伝いたくなるような雰囲気を持っていた。

村田がウーロン茶を飲みながら、しつこい様だけど、とつぶやきながら口を開けた。

「さっきの話だけど、やはり薄気味悪いから、それとなく様子を見てくれないか。銀さんよう、なるべくトラブルは避けたいんでね」

「ああ、女のカメラマンのこと」

銀吉もすぐにうなずいた。

「取材なら、きちんと支援センターか商店街の方に話を通すはずだから、俺にもすぐ伝わってくるはずなんだよ。筋もんということはないと思うが、このご時世ではわからないからねえ」

不安そうな銀吉と一平の眼が合った。

恵介が眉をひそめてため息をついた。

「本当に何者かねえ。女のホームレスなら、ほっとけないしな。きっと往生しているだろうし、手を貸してやりたいが」

「村田さん、友紀さんの方にはそのこと言ってあるんですか」

一平が言った巻村友紀は生活自立支援センターの支援員の責任者である。市の福祉事務所ともつながりがあり、支援を受けるのには彼女の力が必要である。夫の圭治はNPO法人の活動家である。暮らしの相談では親身になって聞いてもらっていた。

「ああ、一平ちゃん、今日みかん箱のことを知らせるついでにね、言ってはおいたが。まだ皆目雲を摑むような話だが、いろいろな噂は飛び交っているらしい。なかには風俗嬢じゃないかとか言う人もいて、気になるのさ」

みかんに手を伸ばして皮を剥きながら、恵介が素っ頓狂な声で、頬を緩ませて言った。

「ええっ、風俗嬢？　美人なのか。そりゃあまいったな。一度拝んでみたいが」

銀吉が真面目な顔を村田に向けて言った。

「俺らの仲間にも女に手が早い奴がいないとも限らないからなあ、厄介だよ、そうなると」

「大丈夫じゃない。そんな元気ある奴いないよ。みんな、食べるだけでふらふらよ」

いつもながら頭を揺らして、おどけるように一平はあっけらかんと言った。人懐っこい笑顔がのぞいた。

「だからさ、一平ちゃん、金がないぶん、トラブルになるんよ」

銀吉はそんな一平をたしなめるようにつぶやいた。

「警察もひでえやな、俺らの傍に来る女を見ると『公衆便所』とかってすぐに言うし、失礼極まりないよな」

良吉が不意に深刻な顔で言い出した。普段穏やかな良吉がこんなに怒っているのは珍しいのだ。

「ああ、始めの頃は友紀さんなんかも、よくそう言われて警官にくってかかってたな」

恵介も思い当たることがあるようで、ふと顔が曇った。

「今さらだけど、俺らにはまっとうな眼で見てくれる人がめったにいないからなあ。人権もへったくれもないし、不服を言えばさっさと追い出されるしな。人間以下だしな」

そうつぶやいた恵介に、一平はつらそうな眼差しを向ける。

一平も恵介も警官には今までにもひどい仕打ちをされてきた。つらい体験も一度や二度ではない。野宿者なら、大抵の者は同じような体験をしてはいたが、人に語るのは自分が惨めになるような気がして、やはり相当の勇気がいる。だからずっと避けてきたのだ。そうめんとみかんで満腹になると、一平は急に哀しさがこみ上げてきて、落ち着かない気持ちになった。


一平は六年前、大阪にいて日雇いの仕事をしながら、泊まる金もなく簡易宿泊所の軒先で座りこんでいた。従業員に追い立てられて、仕方なく辺りを当てもなくうろついていたとき、警官と目が合うと、いきなり暗い地下道に連れ込まれてぼこぼこにされたのだ。何が何だかわからず、一平は抵抗もせずに泣きながら必死で訴えた。

「なぜ、俺は何もしてないのに、どうしてこんなことされるんですか。俺が、何したって言うんですか。なぜ」

突然、一平の襟首をやおら摑むと、憎しみのこもった眼で睨みつけたその若い警官は、耳を疑うような暴言を一平に容赦なく投げつけた。

「てめえたちは人間じゃねえ。喋るんじゃねえよ。屑は屑らしく、黙ってやられればいいんだ。屑はさっさと消えりゃいいんだよ」

「…………」

一平はもう声も出なかった。恐ろしさと悔しさで心が引き裂かれ、足が竦み、もう殺されると思った。歯を食いしばり、身体を突き上げる激しい痛みに耐えながら、この瞬間を何とかやり過ごそうと身構えた。やがて人通りの絶えた地下道に響く自分が殴られる衝撃音だけが聞こえ、深い絶望感にとらわれながら意識が次第に遠のいていく。何度も何度も怒鳴りながら、何かに憑かれたように、倒れていた一平が気を失うまで、その警官は人影の途絶えた地下道の片隅で殴り続けた。殴れば殴るほど怒りが高揚してくるようで、なおも狂ったように一平に襲いかかった。

「きゃあーっ、誰」

「あ、おい、何してる。こいつ警官だろう」

「誰かあ、誰かきてえ」

偶然、通りかかった若いアベックが騒ぎ、たちまち何人かが駆けつけてきた。警官は一目散に逃げて行った。力尽きて血だらけになっている一平は病院に運びこまれ、ようやく一命を取りとめた。その時の忌まわしい記憶が、ざらざらした砂利のような嫌悪感を泡立たせ、一平の脳裏に稲妻のように閃いては胸苦しい怒りを再び溢れさせるのだった。

村田は空の弁当箱を重ねて袋に入れると、会話が途切れがちになったのをしおに立ち上がった。

「じゃ、何かわかったらまた来るよ。一平ちゃんたちも少し気にかけておいてくれ」

「ごちそうさまでした。またよろしくお願いしますよ」

銀吉がもう一度礼を言った。

「合点でがすよ。また何かわかったら連絡しますよ。村田さん」

一平が少し顔を引きつらせ、それでも上機嫌で敬礼して見せた。

良吉も恵介も一平の言葉にほっとして、顔を見合わせて笑った。

一平と銀吉が村田を送るために、そそくさと外に出て行った。村田の足取りがいつになく重いのに一平は気づいていた。

## 二

一平は銀吉と小屋を出た後、商店街の外れにある古びたスナック『銀河』に入った。村田が少し話があると言ったからだった。

右隣にゲームセンターがあり、ビリヤードの他に卓球台も備え付けてあって、中高校生のたまり場にもなっている。今は学校帰りの中高校生の制服姿がちらほら店内に見える。

まだ開店前であったが、村田は馴染みの客なので、『銀河』の店長の佐々木がすぐに冷たいビールと突き出しとコップを三つ持ってきた。中はカウンター席が主で、奥にボックスも四人掛けが四つほど、用意してある。正面には馴染みの客のネーム入りのボトルがズラリと並んで置かれている。またカラオケのための大型のテレビも備えている。マイクも三本添えてあって、夜はカラオケボックスのような雰囲気になる店のようだった。

「あ、ちょっと込み入った話があるから席を外してもらっていいかい」

村田がすまなそうに言うと、マスターの佐々木は黙ってうなずき、そのまま奥に消えた。

「村田さん、何か」

一平が不安そうに聞いた。何か改まった様子が見えたように思えたからだ。

「いや、たいしたことじゃないんだが、今日は俺の夢を銀さんや一平ちゃんに聞いてもらいたくてね」

「夢……」

一平は思いがけない言葉に眼をむいた。

「まあ、こういう機会もそうないからさ、たまには二人と飲みたくなったというわけさ」

佐々木が置いていったキリンラガービールをコップに注ぐと、まずは乾杯をしようと言って、コップを持ち上げ、一平と銀吉を促した。まだゆでたての枝豆が突き出しとして添えられている。

「じゃ、遠慮なくいただきます。小屋の仲間には悪いが」

一平が真っ先にあっけらかんと笑って飲んだ。

銀吉も遠慮しながら一口飲んで、微笑んだ。

「ああ、よく冷えている。ここのマスターの佐々木さんは気配りが抜群でね。銀さんたちはあんまり来ないだろうが、つまみも実に良心的なんよ。丁寧に客の好みに合わせて何でもつくるんだよ。まあ、レストランの料理というわけにはいかないがね。決して法外な金は取らないのさ」

村田はコップの半分ほど一気に喉を鳴らして飲んで言った。

「そうですか。でも、そうなると店の経営も大変でしょうね」

銀吉は村田の話に耳を傾けながら言った。

村田は少し顔を曇らせた。

「そうなんだよ。銀さんの言うとおりでさ、実は駅前に大型店舗が今度オープンするらしい。ここは外れだからなかなか常連以外は客が来ない店なんだ。マスターも商売は考えずに、客が気持ちよく飲んで帰ってくれたらいいと居直っていたらしいが、やはり赤字を抱えていてね、先月相談があったんよ。借金がとうとうまわんなくなったらしい。悪徳金融にも手を染めてしまったらしくて、店を畳んで出て行けと言われているらしい」

「それはまた、深刻ですねえ」

思いがけない話に一平は銀吉と思わず顔を見合わせた。

「そうとう崖っぷちなんだよ、銀さん、一平ちゃん、取り立て屋も顔を見せるようになってこれはやばいなと思ったというわけさ。どうやら、この店と隣のゲームセンターのスペースを改装して大型のゲームセンターとパチンコを一緒にしたパチンコ店をつくる計画をしているらしい。陰気くさいスナックなんぞ止めてしまえというわけさ。すっかり佐々木さんは意気消沈しているんだよ。気の毒に」

「ここは、随分前からありましたよね」

「ああ、一平ちゃん、俺の親父の時代からね、やっていたさ。銀さんも知ってるとおり、奥の大きな市営の浜崎台団地が控えているからここは駅までの通り道だし、客の通りは絶えることはないんだがね。今のマスターも二代目だよ。うちの不動産屋も俺が親父から継いだんだが、佐々木さんは実直でなんと俺の大学の後輩さ」

「それで、村田さんの夢というのは」

コップのビールを半分ほど飲んで一平は尋ねた。

「ああ、銀さんも、一平ちゃんみたいにもうちょっとお飲みよ。たまには、いいだろう、まだ顔が赤くなっていないじゃないか」

「いや、赤い顔で仲間が待っている小屋に帰るわけにはいかないから」

「そうか、まあ、いいが、そこが銀さんのいいところだな。実はまだ誰にも話していないんだが、俺ももう年だからこの頃いろいろ考えるのさ、あと八年たったら俺も七〇だよ。幸い二人の娘もいいところに嫁いで、今のところは心配ないし、俺が死んだ後を考えると、やはり不安なのはこの商店街のことさ。このままいくと見通しは暗いさ」

一平は押し黙った。村田の真意を測りかねたからだ。

一平は怪しい女の話とつながりがあるのかもしれないとも思った。今まで不動産屋をやっていて、村田はいわばこの商店街の大ボスであり、この地域では名の知れた資産家である。遺産は数億と言われている人である。二人の娘もそれなりの資産家に嫁いでいる。それなのに、ちまちましたこの店の経営に心を痛めている姿は、なにかそぐわない感じがした。だが、野宿者の問題には常に理解を示してくれて、炊き出しや越冬バザーなどには率先して寄付したり、品物を提供したりして協力してくれていた。どれだけ、野宿者の仲間たちは頼りに思っているか知れないのだ。それにしてもこの落差はなぜなのか、一平はいつも気になっていた。

だが、村田は意外なことを言い出していた。

「いや、そんなに深刻な話というわけではないんだが、俺は歌声喫茶が好きでね、最近はすっかりすたれてしまったと思っていたんだが、今はかなり盛り返してきたらしい。この商店街にも一軒くらいつくってもいいかなって思うんだよ」

「ああ、歌声喫茶ね。俺も若い頃はまりましたよ」

一平はほとんどビールを空け、再び村田に注いでもらっていた。

「フォークが流行っていたし、華やかな時代だったな」

懐かしそうに一平が言うと村田が笑った。

「そうそう、村田さん、今、また流行ってきてるんですか」

ギター青年だった自分の昔を思い浮かべながら、銀吉は聞いた。

「若い人ではなくて、中高年だけどね、でもかまやしないさ、俺はこの前新宿に行って歌声喫茶に行ってみたよ。満席で熱気ムンムンしてたよ。何人かうまい人が歌っていたが、自由に歌えるし、リクエストもやってくれるし、とにかく面白いんだよ。すっかり若返った感じがしたよ」

「なるほど、なるほど」

一平はすっかり顔を赤くしてうなずいている。

「確かに、若者が自由に出入りできる、そんな店がなくなりましたよね。新宿もちょっと、酔っ払って、女の子のいる店を覗いただけなのに、法外な金をむしられてという話をよく聞きますよ」

「ほう、銀さんの仲間にそんな人もいるんかね……」

「みんな昔の物語は、結構好きなんですよ。大風呂敷の奴もいますがね」

「俺は、そこの店がいいと思うのは歌うのも楽しいが、酒は一杯のみというルールがあって、ソフトドリンクが中心なんだよ。歌もフォークから演歌、オペラにシャンソン、何でもOKでね。ぎすぎすしたこの時代に、歌が自由に歌えて、愉快になれるのさ。この辺でも歌って、仲間と語り合えるそんな場をつくりたいとしみじみ思うのさ。やっぱ年かな」

「村田さんの言うことはわかりますよ。でもまあ、野宿者の俺らには無縁の話かな」

一平は銀吉とうなずき合った。それでもそう言ってしまって、急に一抹の寂しさが胸に迫ってきてうつむいた。

「そこだよ。一平ちゃんはそう言うだろうと思ったが。野宿者も楽しんでもらいたいから、週一回は無料券を配るとか、友紀さんにも相談してやりたいと思っているんだ。週一回貸し切りにしてもいいし、銀さんはどうだい？」

「そんな夢のような話、第一客が嫌がるでしょう。正面から入ろうとすれば、俺らだって遠慮するというようになるしね」

「だがね、ここはかなり前から炊き出しの越冬まつりも続けてきたし、新たに蒔田中学校の中学生が見学に来て校内でも、たしか『ホームレス問題ボランティア研究委員会』という組織を立ち上げてくれている。それも、もう三年目になるよ。中心になっている先生はたしか社会科の近藤美里先生と言ったが、若いのによくやってくれていたしね。今までの実行委員の子たちは卒業したが、特に葛城美保さんや佐伯凜さんたちは高校生になってからも、今でもOBとして来てくれている。こういう流れを俺は潰したくないんだよ」

「だけど、実際のところ、まず、どう考えても無理じゃないかな」

一平はまた口をはさんだ。

「一平ちゃんも銀さんも思わないかい。中学生たちがきらきらした眼で頑張っている姿を見ると、力になってやりたいって。越冬まつりも中学生たちと合同で企画してから、もう三年だよ。ああ、越冬まつりじゃなくて『未来広場まつり』だったね。すごく好評だから、商店街の仲間も喜んでいるよ。地域の活性化にも大いに貢献していることだと思うんだよ。子どもたちはいいねえ、とにかく上から目線じゃなく、真っ直ぐに考えてやってくれている。そんな純粋さが俺には眩しくてたまらないのさ」

「いや、難しいことはわからないが、今だって俺らのことはゴミ同然に思っている人だっている。そういう中で、少しずつ仲間として認めてもらえるような活動をしていかないと一般市民に嫌われたら、俺らは行き場がないしね。歌声喫茶の活動がそれになるのかはまだイメージが湧かないな。正直言って」

銀吉は一平の顔を見ながら、遠慮がちに言った。

「いいんだ。今日は俺の気持ちを少し聞いてもらっただけで、充分さ。まあ、年寄りが暇つぶしに、そんなことを考えているってことよ」

村田はビールを全部自分のコップにあけると、一息で飲み干した。

「まずは、支援センターの友紀さんに相談してからだな」

最後の言葉は自分に言い聞かせるような口調でつぶやいた。

——どうして。

どうして、俺らにそんなに親身になってくれるんですか。何か深いわけでもあるんですかと言おうと一平が顔をあげたとき、村田は不意に腰を上げた。

「じゃ、一平ちゃん、銀さん、またな。時々また俺の相手もしてくれよな」

村田は寂しそうな背中を見せてすぐに出ていった。

奥から佐々木が姿を見せたので、慌てて一平と銀吉は礼を言うと、ドアに向かって歩き始めた。

## 二　消えた足跡

### 一

暑い夏の日射しが頭上から容赦なく照りつけてくる。

大泉公園の大きな楠の木に寄りかかりながら、一平と良吉は息を潜めてこちらに向かってくる女の様子をじっとうかがっていた。木陰で隠れて涼をとっていても、時々、熱い湿り気を帯びた風が、二人の野宿者の背中を吹き抜けていく。汗や埃にまみれて茶色に変色したシャツの臭気が二人の鼻をうった。

「おい、一平よう、本当にあの女なのか」

良吉は一平の後ろに駆け寄り、腕を引っ張ると声をひそめてささやいた。

「そうだよ。良ちゃん、おっきなカメラを抱えているだろう。それに、顔を隠す黒い帽子とマスクときたら、めちゃ、怪しいでしょう」

「ほう、俺は初めて見るけど、一平ちゃんは以前見たのかい」

「ああ、昨日の夜も商店街で見かけたよ。写真を撮りながら、店を回って人をさがしている風だったが。結構店も忙しいときだったから、うるさがられていたよ。つまみ出されはしなかったが、歓迎はされなかったね」

一平は女から一瞬も眼を離さずに立ちつくしている。

「えっ、人さがしだって」

良吉が驚いて、背伸びをしながら耳元でささやくように言った。

「しーっ！　こっちに向かってきた。良ちゃん、あんまりそう俺にくっついちゃ、暑いでしょう。俺たち、気づかれたかも」

「あ、ごめんよ」

良吉は足元の勢いよく夏草が伸びている草むらに、慌ててしゃがみ込んだ。

樹の枝から、見え隠れする女はそれほど若くはないように見える。三〇歳はとうに過ぎているかと一平には思われた。ありきたりのブルージーンズにオレンジのTシャツにカーキ色のカーディガンを羽織っていたが、暑そうなマスクを外すと、二人の潜んでいる樹にそっと近づいてきた。

仕方なく一平は木陰から思いきって顔を出すと、汗でクシャクシャになって汚れたタオルを首から抜き取り、ぴょこんとお辞儀をした。良吉も思わず一平に習って、立ち上がってうなだれたようだった。女は一平たちに気がつくと、はっとして一瞬たじろいだようだったが、大人しそうな野宿者が二人だけとわかると帽子を取って親しげに礼を返した。肩で切りそろえた黒髪が風をはらんで波打った。こういうとき、ざっくばらんな一平は、特に女性には好感を持たれることが多かった。

「こんにちは、佐藤一平です。こちらは三笠良吉。この公園に住んでいる者です」

「すみません。始めまして、わたしは藤木あずさと言います。フリーのカメラマンですが、どうしてもこの人に会いたくて、大阪から出て来たんです。あの、この人ご存じじゃありません、たぶん、古いので顔立ちも変わっているかもしれませんし、わかりにくいとは思いますが、面影はわかるのではないかと。ちょっとこの写真、見てもらえませんか？」

あずさと名乗った女は、間近に見ると、日焼けしているせいか皮膚が浅黒かったが、瓜実顔で艶もあり、鼻筋も通って意志の強そうな眼光を湛えていた。一平は遠くから眺めた印象より、ずっと若々しい感じがした。古びた写真をポケットから急いで取り出すと一平の眼の前に差し出した。すでに二〇年以上も過ぎているのだろう、色が少し褪せていたが、カラー写真の色がまだはっきり残っている。写真の四隅がちぎれて、紙の繊維がほつれている。海辺の街で青年が幼い、まだ生まれたてのような子どもを抱きかかえている。その父親らしい精悍な顔が隠しようのない喜びに満ち溢れていた。傍らに映っている長髪の若い女は、穏やかな優しそうな微笑みをたたえて寄り添っている。小柄で弱々しそうな風情のあるその女は、瓜実顔が美しかった。

「この抱かれている子どもはねえちゃんかい」

写真を受け取ってじっくり眺めながら、一平はあずさに聞いた。

「ええ、もう二〇年以上も前の話やから、わたしも覚えてはいないのですが」

「そらそうや。こんなに小さかったんやもん。それにしても綺麗な人やね」

急に良吉も一平の横から写真をのぞき込んで聞いた。

「こ、この綺麗な人はあんたのお母さんやね」

あずさはふっと悲しそうな眼を向ける。

「ええ、母は病弱だったので、わたしが物心ついた頃にはいつも寝込んでました。一昨年肝臓癌で亡くなりましたが」

「そうですか。それはえらいことでしたね」

沈んだ声を出して、良吉はつぶやいた。

一平はあずさに向き直ると改まった口調で言った。

「じゃ、このお父さんを今は探していらっしゃる」

「ええ」

伏し目がちにうつむいて、うなずいたあずさを見て、一平は残念そうに首を傾げた。

「でもなあ、この写真だけじゃ、皆目わからないやね。なあ、良ちゃん、見つけてあげたいのは山々だけれど」

唇を噛みしめている良吉の顔色が変わっているように思えた。

「お、おかあさんは、何歳でなくなったんですかね」

「えーっと、わたしが今、二六歳だから、たしか四五歳だったと思います。何か」

急に聞かれたあずさが不安げに眼を泳がせた。

怪訝そうにじっと良吉を見つめている。

「ねえちゃんは今、二〇、何歳」

「わたし、いつも老けてみられるけど、まだ二六ですが」

「ほう、落ち着いているから、もっと上に見えるね」

「ええ、よく言われます」

急に熱心に話し始めた良吉を不思議そうに眺めながら、一平は言った。

「でも、なんでまた、浜崎駅の周りを探っているんだい。ここら辺だという、何か他に手がかりでも」

「実は、母が亡くなったとき、布団の下から、この葉書が出てきたんです」

肩から提げている布バックの中から、古びた絵葉書のような紙片をあずさは取り出した。お祭りを記念してつくった絵葉書のようだ。何年のものかはわからないが、『浜崎商店街作製』と小さく書かれている。誰かが描いたスケッチを水彩画として印刷したもので、最近のものは野宿者たちには無料で配られるが、お祭り会場で五枚一組で一〇〇円で売っている。宛名は藤木幸子様と弱々しいタッチで、しかも鉛筆書きで書かれていて、半分汚れやシミで消えかけている。差出人の住所は書かれておらず、名前は小さくひらがなで書かれていて、「みかみ　よう○ち」と辛うじて読めるのだった。苗字と名前の間の開きも何か文字が書かれていたような汚れも見えている。

「これは、お父さんの名前」

一平があずさを見つめて尋ねた。

「それが、わからないんです。そうかも知れないし、関係のある方の名前かも知れないし」

ひっくり返すと海辺の絵の右端に、鉛筆で何か文が書かれていたらしい。今となってはすっかりすり切れてしまっていて、読み取ることはできなかった。

「ねえちゃん、あずささんといったっけ。これじゃあ、お母さんにとって大切な物だったらしいということはわかるが、『みかみ』が本当に三上さんのことなのか、当たってみないとしょうがないね。それに、このみかみの下の所だけど、ひょっとしたら、何か一文字書かれていたのかも知れないし、商店街の人か、支援センターの友紀さんに見てもらったら、何かわかるかも知れないよ」

「…………」

「俺らは知り合いは限られているし、なあ、良ちゃん」

「ああ、そうですか。支援センターですね、明日にでもわたし行ってみますね」

「そう、駅前の生活自立支援センターのことで、あした、俺も友紀さんの所に行く用事があるからおいでよ。九時から開いてるから、絶対何か考えてくれるよ。心配ないから」

一平は熱心に勧めた。野宿者や商店街の人の動向を摑んでいるのはやはり、友紀を置いては他にいないと思っていた。

「あの、この辺で『みかみさん』という方、ご存じではないですか」

「さあ、三上さんねえ、聞かないね。あ、でも商店会長の村田さんに聞いてみたらどうかな。ずっと昔からここに住んでる人だから、知っているかも知れないよ」

悲しそうに良吉は首を振って見せた。

「村田さんは、商店街の真ん中で不動産会社の事務所を持っている方だよ。村田不動産って言えばこの辺では有名だからすぐわかるよ」

一平もため息をつきながらそう言ったが、さらに続けた。

「ただ、これ、偽名かもしれないよ。ほら、俺らは自分の過去を詮索されたくないから、適当によくある名前を名乗っている人もいるし、山本だと言ったり、山田と言ったり、適当に変えて言っている人も珍しくないからさ、折角の手がかりも、雲を摑むようだねえ。あずささんも大変だねえ」

「まあ、そうですか」

気落ちした様子を隠そうともせずに写真と葉書をしまったあずさは、礼を言うとゆっくりと会釈をして、一平たちから離れていった。

一平は不意に目の前をゆっくりと遠ざかる娘の背中に触れて、声をかけてやりたいという強い衝動に駆られた。

一平の脳裏に古びた絵葉書を胸に抱きしめて横たわり、涙を流す病んだ女の哀しい姿が前触れもなく浮かんでは消えていった。

――運命というわけではないが、もしかしたら。

このあずさという娘も、亡くなった母親も、行方知れずの父親も、幸せになれる道はなかったのだろうか。いや、あったとしても、どうにもならないものは確かにあったのだろうな。何も聞かず、何も語らず、ただ時に流されていくしかないということが。

このとき一平の脳裏に浮かんできたのは、故郷の能登で風邪をこじらせ、十分な手当てをしないうちに肺炎を併発して二〇年前に亡くなった三つ違いの姉の顔である。それ以前に一平たち姉弟の両親もやはり肺炎で他界している。ひとり残された一平はつらい思い出を断ち切るように今まで職を転々としてきた。一平は家族を失った悲しみを引きずったまま、生涯自分は家族は持たないと誓ってきた。不幸に生まれついた人間は、いくら努力しても周囲の人間を不幸に引き回すだけだと自分に言い聞かせてきた。そうした一平には、姉の悲しい姿とあずさの母親とが、どうしても重なって見えてしまうのだった。

急に黄昏れてきた公園のなかはセミの鳴き声が一際大きく響き渡っていた。

二

「これが、この辺に住んでいる、または見かける野宿者のリストです」

支援センターの友紀が三〇〇人に及ぶ名簿をあずさに示した。

午前一〇時を少し回ったところなので、センターの中は生活相談に来ている労働者や、野宿者がごった返している。事務所の端に喫茶室があり、そこで、一平とあずさは友紀と話していた。昨日、一平は友紀に会うことを勧めたが、あずさが不安そうだったので一緒に話を聞こうと、朝九時頃から来て待っていたのだ。

「まだはっきりしていない人や、認知症の方もいて自分の名前すらあやしい方もおられるのです。個人情報ですから、お渡しするわけにはいきませんが、必要な所はメモしてくださいね」

見ると漢字が確定できず、ひらがなで書かれている人の方が圧倒的に多い。年齢を見ると七〇代、八〇代の人が目立っている。連絡先は大半が空欄である。定まった場所がないということを暗示している。

「やはり、みかみと言う名前の方はいないようですね」

友紀の方を見たあずさが落胆した様子で言った。あずさが浜崎市に来てから、二週間は経っている。あずさのなかに焦燥感も生まれ、投げやりな色合いの濃いあきらめも膨らみかけているのだろうと一平は案じた。

「みかみとありますが、みのつく人に限定してさがしてみたらどうでしょう。みえよういち、みかさりょうきち、みみよしだ、みむらたけし、それにみたむらようじ、みちはらそうへい、みはらそうきち、みやざわよしお、そんなところですかね。この辺でみのつく人は少ないですね」

友紀は名簿を指でたどりながら挙げていく。

あずさは友紀に言われた人たちの名前といつも居る場所を、丁寧に手帳に書き写した。

「ああ、このみかささんは昨日、一平さんと大泉公園で偶然会いました。あの三笠良吉さんですよね。わたしの母は二〇歳で結婚してわたしを翌年産んだそうですから、多分、年齢的には四〇代後半か五〇代前半の方だと思います。みかささんは少しお年を召していましたから。でも、そう言っても四〇代の人は、ほとんど見当たらないですね」

「あら？　三笠良吉さんはあれで四〇代後半の方ですよ。ねえ一平さん、老けて見えると思いますが、糖尿病を患って、前歯を全部失ってしまったので、そう見えても仕方ないですが、まだ完治していないのに、病院にも行けなくてつらい思いをしているのですよ」

「あら、そうだったんですか。昨日も大泉公園で親切に話を聞いてくれました」

一平はあずさの顔を見てうなずいた。

友紀は少し安堵した様子で話を続けた。

「そうですか。それはよかったです。銀吉さんの小屋で一平さんと一緒に共同生活をしている人で、とても気のいい人ですよ。よくこのセンターにも顔を見せに来ます。野宿者の方の中には、もうすっかり労働意欲がなくなってしまっている人も多いんですが、良吉さんは仕事を探して日々頑張っている一人ですよ。きっとあなたの力にもなってくれると思いますよ」

友紀はあずさと並んで座っている一平を見て微笑んだ。

「それから一度、会長の村田陽一さんを訪ねてみるといいと思います。この付近の事情が詳しいし、その葉書についてきっと何か知っていると思うんです。この葉書は二〇年前の物ですね。わたしはまだ、このセンターには一〇年しか勤めていないので、そのことは残念ですがわからないですし。一平さん、村田さんの事務所、案内してあげてください」

「合点です」

まってましたとばかりにガッツポーズをした一平に、あずさも友紀も声を立てて笑った。


あずさと一平は友紀に礼を言うと、支援センターから出て浜崎駅前の「スターホックス珈琲」に向かった。あずさが会わせたい人がいると一平を引き留めたからだった。ちょうど昼時なので、駅前はたくさんの人が行き来している。

「スターホックス珈琲」は大型の書店「ＴＡＫＡＹＡ」の中にある。たくさんの本が棚に並べられている中を突っ切ると、横のコーナーに「スターホックス珈琲」はあった。ここのオーナーが人形好きらしく、入り口にレトロな愛らしいフランス人形が飾られている。

「あずさ、待ったよ、四〇分遅刻」

入ってすぐの窓側の席に上背のある若い男が座って新聞を広げていた。顔をあげるとすぐに手を振ってきた。大型のカメラと三脚を入れた紙袋が椅子の横に置かれている。

ブルージーンズにカーキ色のシャツを着ていた。

「ああ、学、ごめんなさい。話が長引いてしまって」

「ああ、いいさ。何か、いい情報があったのかい。その人は」

古畑学は新聞をおもむろにたたむと、あずさの方に向き直って笑顔を見せたが、後から遠慮がちに入ってきた一平を見て一瞬怪訝な顔をした。場違いの野宿者らしい男が店に現れたので、かなり驚いた様子だった。だが、学は落ち着いた穏やかな表情で取りあえず一平に会釈したようだった。あずさより三歳年上で、大学時代の先輩で婚約者でもあるとあずさは一平に学を紹介した。

「わたしはまだ駆け出しですが、学さんはベテランのフォトジャーナリストで、被災地や戦場の写真なども撮ったこともあるんです。こちら、大泉公園に住んでいる方で、佐藤一平さん、この辺のことにとても詳しいので、今日も支援センターでお会いして、一緒にさがしてくださっているの。でもなかなか、難しくて」

あずさが言い淀んだとき、若い女子店員が注文を聞きに来た。袖の膨らんだ紺のワンピースに、肩にフリルのついた白いエプロンがほんのりレトロで可愛らしかった。あずさは微笑むと、ブレンドコーヒーを何も言わずに二人分注文した。

「あずさがお世話になります。よろしくお願いします」

向かい合って一平が座ると、学は改まって、もう一度頭を下げた。

「いや、今のところはまだ役立たずで、かえって申し訳ないです。あ、俺はすぐに失礼しますから」

一平は照れくさそうに笑って言った。

「やっぱり難しいわね。始めっからわかっていたことかも知れないけど」

「そうか、でも、あの葉書は重大な手がかりのような気がしたがな」

あずさの落ち込んでいる様子を学は心配そうに眺めている。

「一平さんと言われましたね。どうでしょうか、あずさの父親らしい人は野宿者の中にいそうですか」

一平の方に視線を移して、学は率直に聞いた。

「さあ、まだ皆目見当がつきません。その葉書の名前も偽名なら、すべてが白紙に戻ってしまいますし」

「そうだよなあ。やっぱりなあ」

押し黙っているあずさを励ますように、学は優しい視線を投げた。

「あの写真だとお母さんと年齢的にはそう差がないように見えたがなあ。もっと幾分年上かも知れないよ。ほら、俺みたいに年より若く見える奴もいるだろう」

学は両手を広げ、おどけたポーズをして笑った。

「もう、学ったら、でも、そうなのかしら」

ふっと、あずさの暗い表情がほぐれたように、視線に温かみがともった。

そんなあずさを眩しそうに見つめながら、一平は言った。

「でも、前にも聞きましたが、あの写真の青年は本当にあなたの父親なんですか」

「ええ、それは多分ですが、義父には全然似てないタイプだし、わたしは小さい頃からあの写真を母から見せられて、本当のお父さんだよ、大事にしまっておくんだよって言われて、子どものころはいつもわたしのお守りぶくろに入れていたものです。義父はとても厳格な人で、怒るとすぐに暴力を振るったので、いつもわたしは隠れて、泣きながらこの写真を眺めていたのをはっきりと覚えています」

そのとき女子店員がブレンドコーヒーを二つ、あずさと一平の前に置きにきた。

一平は弾かれたように立ち上がると驚いて狼狽えた。

「あ、俺は」

いきなり右手を横に振ってあずさの方を見た。

「一平さんどうぞ、召しあがって。ほんのお礼です。ここの珈琲、安いけど美味しいのよ」

あずさが笑って一平を見た。

「どうぞ、どうぞ」

学も笑って珈琲をすすめた。

一平は恥ずかしそうに頭をかいた。

「じゃ、遠慮なくいただきます」

一平が珈琲を飲み終わると、学がしばらく考え込みながら言った。

「あずさの弟さんはたしかひとつ年下で、もうなくなったんだよね」

「ええ、バイク事故だった。あれで、ますます母は身体を壊してしまい、寝たきりになってしまったの。もう三年前の話よ。母が亡くなってから、義父も一年も経たないうちに交通事故で亡くなってしまって」

「立て続けだったんだね。それは気の毒に」

思わず一平は、ため息をついた。

「ええ、一平さん、義父の家には居づらくなって、わたしも上京したのだし。今、義父の家は叔父がついでいるのよ」

「でも、何とかして見つけ出したいねえ。あずさ、俺もこれから協力するよ。やっと一ヶ月の休暇も取ったし、あずさと一緒にこれからは行動できるから。もちろんその後のイギリス派遣の任務が過酷だからこそ、上司も大目に見てくれたのだけれどね」

「過酷、やっぱり、カメラマンはそんなに大変なお仕事なんですか」

一平が聞きとがめて心配そうな顔を向ける。

「いや、ジャーナリストは今の時代、多少の危険はいつも伴います。ただ、それが国内ならまだそれほどではないですが、外国というとそういうわけにはいかなくて、俺の友だちでフリーの奴がいるんだが、シリアに行ったきり、今も行方不明状態なんだよ。俺は毎朝新聞に籍を置いているんですが、何ヶ月か前にイスラム教と何らかのつながりがあると噂されるテロ集団の新聞社襲撃事件もあったイギリス派遣ですからね、志願する人がいないので、俺はNGOにも協力を頼んで志願したんです」

一平は不安そうに学の顔を見つめた。

「本当はあずさと結婚してイギリスに渡るのは不安なんですが。随分悩んだし、あずさと何度も話し合ったんです。せめて新婚時代は日本で待っていたほうが安全だからとか。でも離れればなれで暮らすのは、あずさが一番嫌がってますから、困難はあっても仕事も一緒にやって行こうと決めました」

あずさも続けて話し始めた。

「わたしもフリーの仕事を学の足手まといにならないように、力の限りやって行こうと思って進み始めたんです。確かに不穏な動きのあるイギリスに向かうにはかなりの覚悟が必要だと思っていました。だから本当のこと言うと、怖い気持もあります。でも、わたしこの前、女性週刊誌でシリアの難民キャンプで妊娠中や子育て中の女性を支援する女性活動家のルポルタージュを読んだんです。戦闘に巻き込まれ傷ついても、新しい命を生み出すために苦しみを乗り越えようとしている多くの女性たちを温かく包み込むように活動している内容に思わず引き込まれたし、衝撃も受けました」

あずさは学に視線を泳がせながら続けた。

「地球のあちこちで自分の知らない人たちが自分の命も省みず、力を尽くしていることに感動したんです。だから、不安はあってもできることを学と一緒にやって行けたらと思うんです。もちろん、テロや戦争は絶対許せませんが」

あずさは眼をきらきらさせて言った。

一平は学とあずさの真剣な話を聞いて胸が騒いだが、一方で胸の奥から巻き起こってくる疑問を押し戻すことができなかった。

――それでも、戦闘に巻き込まれたりしたら、どうするのだろう。

せっかく手に入れた平穏な生活を奪われた人が沢山溢れているというのに、その一人にならないという保証はないのではないか。

だが、学はあずさと何度も話し合ったという。たしかに一人ひとりの力は弱いが、真剣に考え合っている二人なら、希望を抱いた意志の力は大きく広がって何かをつくり変えるかもしれない。自分は野宿者で何の力もないが、たとえささやかなことでも二人の後押しをしてやりたいと思わずにはいられなかった。

——あずさが今、引っかかっているのはやはり。

自分の本当の父親は誰だったのかということであろうと一平は思った。

日本を離れる前に、今さら、名乗りあっても仕方のないことかも知れないが、ほんの少しでもいい、何か手がかりがほしい。そう思えば思うほど、まだ見ぬ父親に会いたいという押さえきれない思いが膨らんでいるのだろうなと思うと、自分とは無関係な女でありながら、放ってはおけない気がますますしてくるのであった。

「じゃ、一平さん、俺たちはこれから久しぶりに横浜の実家に帰ります。うちの両親はあずさを気に入ってくれているので、あずさもあまり無理しないで、また明日、一緒に探そうよ。あさってはもう一度、うちの両親が横浜を案内してくれるそうだから、みんなでゆっくりしようよ」

「ええ、学、ありがとう。わたしのわがままに付き合ってくれて」

あずさは縋りつくような視線を学に向けた。

「いいんだ。大切な人の頼みじゃないか。それに、俺にとっても父親になるわけだから、何かできることがあったら、力になりたいから、わがままなんてとんでもない。つき合うのは当然だろう。それにしても、何とかして見つけたいねえ」

　学はそう言うと、あずさを見つめて微笑んだ。

「一平さん、あずさの頼みを聞いてくださってとても感謝してます。またよろしく、お世話をおかけしますが」

「ええ、何とか力になりたいですが、ただ正直言って、これだけの手がかりでは見つからない方が可能性として高いと思います。それでも」

　一平はあずさの願いをとてもかなえてあげられないような予感がして、胸が苦しくなった。

「ああ、一平さん、それははじめから俺たちもわかっているつもりです。俺たちも随分考えたけど、何かせずにはいられないあずさの気持ちを考えると、イギリス行きが決まって、ますます思いが募ってきたようなので、できるだけのことはしたいと考えているんです」

　一平にそう言うと、ふと涙ぐんでいるあずさへ視線を投げて、学は言葉を飲み込んだ。

　重そうな紙袋を持って学は立ち上がり、一平にもう一度丁寧に挨拶した。目頭を赤くしたあずさの手を取りながら、まだ熱い日射しが衰えを見せていない駅前に向かって去っていった。

幸せそうに婚約者を見つめるあずさの横顔が、一平の眼に焼きついた。

# 三　約束

## 一

藤木あずさが、生き別れになったままの実の父親を捜しているという噂は、野宿者のなかに静かな波紋を投げて広がっていった。

もしかしたら、自分の娘だろうかと望みを抱いて、実際に商店街を歩いているあずさを間近に見ようと訪れる野宿者が何人も出現した。なかには自分の娘に違いないと思い込み、力づくであずさの手を引っ張ろうとする認知症の野宿者さえ出没する始末だった。

大阪に住んだことのある者で、年齢が四〇代から五〇代と限られてくると、あてはまる者はそう多くはなかった。なのに年齢を偽ったり、また年齢や本名さえあやふやな者もいて、浜崎市の支援センターにいる友紀や野宿者のリーダー格である銀吉が駆けつけて、もめ事にならないように仲介役をすることもしばしばであった。

友紀は銀吉と相談して、まず彼らからじっくり話を聞くことに徹しようとした。

「自分の娘を親類に預けたままになっている人たちは、そのまま絶縁状態にあるわけだから、進んで探しに来てくれたという夢のような話には、つい乗ってしまうのもわかるわ。仕方がないのね。ねえ、銀吉さん、申し出た人たちには、あまり責めたりしないで穏便にサポートしましょうよ。一応あずささんに協力していることには違いないんだから」

「俺だって、もしあずささんが男だったら、息子のことを思い出して、いたたまれなかったかもしれない。それはわかるけどね、だけど情けないよ。節操がないっていうか、自分の年齢を逆算して考えればあり得ないということまで、わからなくなっているんだよなあ。ほんとに友紀さんにも迷惑をかけてしまってすまないね」

銀吉も思いがけない事態を引き起こしたことには責任を感じているようだ。

「いいのよ、迷惑なんて思ってないから……悪気があったり、何か画策していたりとかいうことではないんだしね。ただ、こういうことであまり野宿者を混乱させるのはどうかと思うの。やはりストレスがたまるのが心配ね。それとこうしたごたごたを傍観する人たちからは野宿者のくせに何をやっているんだという声も聞こえてきているの。早く大人しくさせろみたいな冷ややかな眼で見ている商店街の人たちの視線も感じるしね」

友紀は悲しそうにうつむいて言った。

波紋も起こらず消息がまったく途絶えていた砂漠のようなところに突然起こった波紋なのだから、トラブルが起こっても、仕方のないことだと友紀は考えていた。ただ、それにしても、野宿者はそっと息をひそめて暮らしていればいいのだという考えがまだ多くの人のなかにあるのが寂しいと思っている。格差社会を容認し、固定的にとらえているることを示しているのであり、それは友紀たちのように野宿者を支援している者にとっては、生きることをあきらめずに人間的な生活を取り戻そうとする日々のささやかな努力すら、かえりみられない社会への苛立ちと不安を掻き立てるものであった。

銀吉も腹立たしく思えるときもありながら、つとめて黙って話を聞いてやるようにした。

何度か話し合いを持って、やはり間違いだったと肩を落として帰って行く寂しげな野宿者の姿を見るたびに、友紀も銀吉も胸を痛めずにはいられなかった。

八月も終わりに近づいた日の午後、あずさが村田の事務所を訪れた。

いつものジーンズ姿ではなく、ベージュのスーツを着て緊張した面持ちで現れた。

「村田さん、このたびは本当にお世話になりっぱなしですみません。こんなことになるなんて思いもしなかったのですが」

奥の応接室に案内されて話し始めたが、もう七人も父親だと申し出てくれた人たちが、悉くあてはまらなかったことに、あずさはすっかり気落ちしているようだった。

「やはり、みんな空振りだったようですねえ」

村田は銀吉からもなかなか父親探しが進展しないと聞いていた。

あずさが持ってきた写真と古びた葉書を眺めながらため息をついた。

「でも、もうこれ以上は、あえて探さないようにしようと思うんです。どこかで生きているのなら、いつか会える機会もあるかもしれないし、そろそろイギリスに渡る準備もしなければならないので」

思いつめたような口調であずさは言った。

事務員の加藤晴美がよく冷えた麦茶を運んできた。あずさは喉の渇きを覚えて、晴美に礼を言うとすぐに飲み始めた。村田も軽く一口飲んだ。

「あずささん、先輩のフォトジャーナリストと近々結婚されるとか、友紀さんから聞きましたが、よかったですね。気を落とさず、まずご自身が幸せになってくださいな。まだまだ、可能性はゼロというわけではないんだし。それらしい人をわたしもできるだけ探すようにしますよ」

村田に励まされて、あずさはほっとしたような顔で微笑んだ。

「いいえ、いいんです。はじめっから、無理だということもあったのかも知れないけど、この商店街に来て、いろんな人が親切にしてくださったので、それだけでも来たかいがありました。特に野宿者の佐藤一平さんがずうっと一緒に歩いて探してくれました。今日はいつものお得意さんから仕事が入ってしまったようですが。三笠良吉さんという人も、親身になって心配してくれました。わたし今までは野宿者の方々は沢山の不幸を経験した方だから、もっと陰気でこわい人かと思っていました。小さいころからそう教えられてきましたから。でもここの野宿者の方々はとても気持ちが優しくて、温かくて、もともと厄介なことなのに、わたしたちの無理な人探しも親身になって心配してくれました。本当に嬉しかったです。それだけでも来たかいがあったと思っています」

村田はあずさの話に聞き入って、嬉しそうに顔をほころばせた。

「あずささんに、そう言ってもらえると、みんなとても喜ぶよ。一平はあれで結構苦労しているんだよ。何を言われても怒らないでやり過ごすし……どんなきつい仕事でも真面目にやるしね。銀さんなんか、公園に住んでいる野宿者を訪ねて、ひとりひとり、あずささんの写真を見せに行ってくれていたらしい。まあ、それが全部空振りで、あずささんの探している父親らしい人物は一人も出ないうえ、商店街の人を驚かすトラブルにはなったが、それが残念だがね。これからも何でも相談するといいよ。最もあなたは未来のご主人に真っ先に相談するだろうがね」

「いえ、そんな」

あずさは嬉しそうに急に頬を染めた。

「今日はその婚約者の方は、どちらに」

「今日は支援センターの友紀さんに話を聞きに行っていると思います。念のため、もう一度名簿を見せてもらうのだと言っていました。そのあと大泉公園に行って、もう一度野宿者に話を聞きに行くと言っていました」

あずさは恥ずかしそうに村田の顔を見て言った。

村田は眼尻に細かい皺を寄せて、穏やかに微笑んだ。

「そうかい、そうかい。学さんといったっけ。いい人なんだね。しんそこあなたのために奔走してくれているんだね。またなにか、俺でできることがあったらいつでも言いに来ておくれ。困ったことがあったら遠慮なくね。この商店街の人たちは野宿者も含めて、みんな気心が知れているからね、俺からもよく言っておくよ」

「ほんとに、村田さん、ありがとうございました。また少し、学とも一緒に探してみます」

あずさは丁寧に礼を言った。

「ところでイギリスにはいつ頃行かれるのかい？」

「内輪の結婚式を挙げて籍を入れてもらって、九月の末にはイギリスの通信社に向かうことになると思います。わたしの義父も事故で亡くなっていますし、式といっても学さんの方のご両親しか出れないので寂しいですが」

「ああ、そうかい。でも、くれぐれも気をつけて。脅かすわけじゃないが、今イギリスは不穏な空気があるようだし。もっともヨーロッパ全体がテロの脅威に脅かされているがね。本当はもっと時期を伸ばしたらと言いたいところだけれど、そうもいかないやね。結婚ともなると」

「ええ、やはり一緒にイギリスには行きたいですし、日本で離れて暮らすのも不安ですから。ではわたしはこれで失礼します」

村田はあずさを見送るために立ちあがった。見せられた写真をもう一度、一瞥すると古びた葉書と一緒に綺麗に揃えて、あずさに手渡した。

あずさは嬉しそうに受け取ると、深々と頭を下げ、きびすを返して出ていった。

村田は入り口の半開きになったドアを閉めようともせず、遠ざかって行くあずさの姿を眼で追っている。とりあえずあずさが風俗嬢でもないし、ホームレスでもないということがはっきりとわかって、胸のつかえがとれたように思えた。奥の応接室では晴美が麦茶のコップを片づけている音が聞こえている。

——もう、二〇年か……。

村田が不動産業を父親から継いで、この商店街の中心部に事務所をつくり、かなり傾いていた事業を軌道に乗せたのは四〇代近くになってからである。それからいろいろあったが、なんとか切り抜けて来たことを思い出している。村田は住み慣れたこの街に愛着を持っていた。ただ､昔の街には何かもっと切羽つまった生活の匂いが漂っていて、店の住人らが互いに手を携えていこうとする人間臭い温かいにぎわいが充満していたように思う。いつの間にか商店街の組合も自分の店を守ろうとすることが優先し、ぎすぎすした形式的な活動になりさがったのではあるまいかと村田は思った。それでも高度成長期にこの商店街も大きく発展して、今ではかなりの大所帯になっている。村田が会長として商店街をまとめるようになってからは二〇年以上の歳月が過ぎたことになるのであった。

村田はあずさの姿が見る見るうちに遠ざかり、歩いて行く人たちの群れの中に消えたとき、その瞬間、何か忘れ物をしているような、奇妙な感覚にとらわれた。あずさの後ろ姿がまぶたの奥に引っかかっているような、何かが思い出せないときのそれである。相手をじっと見つめながら話し始める時の首を微かに傾けるしぐさや、歩くときの足の運び方、出されたコップの縁に柔らかく視線を投げながら麦茶を飲む、ほっそりとした腕と薄い唇の動きなどが、少しずつ村田の意識の底から、ある懐かしさを漂わせて次第にせり上がってくるのだった。

――あの写真は。　葉書は。

さきほどあずさから渡されたときは何気なく眺めていたが、厚い記憶の底からうっすらと浮かび上がってくるものがあるような気がしてきたのだった。

「村田会長」

立ちつくしていた村田の耳に不意に晴美の声が響いた。

「では片付けが終わりましたから、退出してもよろしいでしょうか」

晴美は小太りの身体を包んでいた水色の上っ張りを脱いで、一つに結んでいた髪を下ろし、黒っぽい地味な花柄のプルオーバーにグレイのパンツに着替えて、帰ろうとしていた。

「ああ、お疲れさん、もう六時か。また明日九時から頼むよ」

村田は、晴美が手を振って開いているドアに身を滑らして出て行くのを、ぼんやりと眺めながら言った。晴美の後ろ姿がゆっくりとした足取りで小さくなり、人混みの中に呑まれていく。

誰もいなくなった事務所で、残った麦茶をひとりで飲んでいると、村田は自分が形容しがたい寂寥感にひたひたと包まれていくのを感じた。

——あずさというカメラマンに会ったことで動揺している。なぜ……。

村田は眉をひそめて眼をつむると、パンフレットが並べてある棚の壁にため息をついて寄りかかった。どっと疲れが出たようだった。

その時、近くのアーケードに何かがぶつかる音や、物が倒れる凄まじい音が立て続けに聞こえた。耳をつんざく悲鳴や荒っぽい男たちのだみ声もかなり遠くだが、はっきりと響き渡った。

「大変だあ、喧嘩だあ」

「きゃあ、だれかあ」

まだ夕暮れ時には間があったために、外にいる通行人や客はそう多くはない。村田は驚いて外に飛び出した。かなり離れているが、浜崎駅に向かう方向に人だかりがうごめいているのが遠くからも確認できた。すると、晴美が人だかりの中から飛び出して、叫びながら転がるように走ってくるのが見えた。

「会長さーん、会長さーん、さ、佐々木さんが、佐々木さんが大変です。あいつらにすっごくやられています。早くう、誰かぁ」

村田は反射的に走り出した。驚いて突進してきた晴美とすれ違った。

「晴美さん、どうした」

村田は晴美の腕をすれ違いざまに摑むと、大声を出した。

「会長さん、とにかく早く、さ、佐々木さんが死んでしまいますっ。あ、あそこ」

「よしっ、わかった」

動転している晴美のうわずった言葉を聞き終わらないうちに摑んでいた腕を放すと、真っ直ぐに人だかりのある方へと村田は全速力で走った。どんどん人影が増えている。警察沙汰になる前に止めなければ、誰かがとばっちりを受けて事件になってしまうと思うと、もつれそうな足を懸命に動かして村田は走り続けた。

佐々木のスナック『銀河』の一件は一昨日、ようやく取り立て屋の総元締めの浜岡組と話をつけたはずなのだ。後腐れないように、村田の息がかかった弁護士に依頼し、正式な手続きをして村田が借金の肩代わりをしたのである。悪徳金融にやらせながら、実際に借りた額よりも一〇倍も増やして違法に金を脅し取ろうとした浜岡組にストップをかけさせたのだった。もっともそれですべて片が付いたと安心していたわけではなかった。浜岡組がときおり引き起こす飲食街でのシノギまがいのごたごたを知らないわけではなかったのだ。だが、こんなに早くことが起こるとは思ってもいなかった。迂闊だったと村田は後悔した。

村田は、巻き込まれることを怖れて後ずさりしながら見ている人垣にたどり着くと、慌てふためく人をかき分けて、やっと最前列に飛び出した。今までにも何度か見たことのある取り立て屋のふたりが暴れている。情け容赦ない凶暴な男たちだった。

「佐々木よう、お前が悪いんだろう。わかってんのか」

黒いシャツにまっ白なズボンの、一目でそれとわかる、坊主刈りの大柄な男が大声で喚いた。

「やい、約束を反古にしやがって、今日こそは、おとしまえをつけてもらおうじゃないか。借金は四千万なんだよ。四百万じゃないんだよ、なに、ごまかしてんだよう」

坊主刈りの男があごをしゃくって、パンチパーマの背の低い男に合図を送っている。その男は黒のスーツにピンクのネクタイをした少し年輩の男である。いかにも修羅場を何度もくぐりぬけてきた、刃物のような冷たい眼をした得体の知れない怖さを身にまとった男だった。

遠巻きに囲まれた人垣の奥に二人の男が倒れている。佐々木と良吉だった。辺りに壊れた瀬戸物やガラスの破片が飛び散っている。傍の荒物屋の商品を二人にめがけて投げつけたのだ。付近の商店の入り口に成り行きを心配して集まり、うかがっている人たちの姿も見える。

坊主刈りと黒スーツの男が、倒れている二人の腹を激しく蹴り続けている。身体を縮めて苦しんでいる二人のうめき声が聞こえた。佐々木に向かっていた怒りは少し沈静化したらしく、その矛先が野宿者の弱々しい良吉に向けられようとしていた。良吉の足元に空き缶を集めた透明な袋が破れ、空き缶がはみ出して散らばっている。

「それとも、このへんちくりんのホームレスに、おとしまえをつけてもらおうかい。こいつは街のゴミだ。へっ、こんな空き缶なんか集めやがって、せこいことするんじゃねえよ。何か言えよ。え、働かねえ怠け者のくせによ。お前は口がないのか、え」

黒スーツの男が良吉の首筋をやおら摑むとアーケードの柱に思いっきりたたきつけて寄りかからせ、平手打ちを三回頰に張った。肉と骨がぶつかる鈍い音がして、良吉は前に倒れた。既に顔中血だらけである。

「止めて、何をするの」

固唾をのんで見ていた人垣から若い女性が飛び出した。興奮のために顔を赤らめたあずさだった。

「おお、さっきのねえちゃん、この汚らしいホームレスの知り合いか。度胸あるじゃんか。なに、喧嘩売るんかよう」

あずさを睨んで、男は良吉をつかんでいた手を放した。

良吉はぐったりとうつ伏せになったまま動かなくなった。

「こんなにひどい目に遭わせたんだから、もういいでしょう」

「なんだと、そんなでかい口、聞いていいんかよ。天下の浜岡組を舐めてもらっちゃあ困るなあ。えーっ、ねえちゃんよう、怪我するぜ、引っ込んでな。それともあんたが代わりに身体で佐々木の借金の四千万、払ってくれるのかい」

村田があっと思い、飛び出そうとしたとき、あずさが飛びかかる黒スーツの男をしゃがんでかわした途端、男の身体がいきなり宙に浮いた。そのまま人垣の方に大きく飛ぶと、仰向けに地面にたたきつけられて動かなくなった。

「きゃあ」

背伸びして、一部始終を心配そうにのぞいていた人たちが、慌てて後ろに下がって逃げた。辺りには切迫した、張り詰めた空気が流れていく。

「野郎、このあま。てめえ、なにもんだ」

坊主刈りの男は、眼をむいた。

驚愕して黒スーツの男を慌てて抱き起こしにかかった。

「兄貴、大丈夫っすか」

「うるせえ、黙ってろ」

黒スーツの男はゆっくりと立ちあがり、何が何だかわからないような様子で、あずさを睨むとそのまま押し黙った。あずさとその男の視線が衝突し、一触即発の息詰まる空気が流れた。

村田は二人の男に近づくと、大声で荒々しく怒鳴った。

「おい、弱い者いじめは止めろ。帰って組長の浜田に伝えろ！　スナック『銀河』の件は既にもう決着済みのはずだとな。まだくだらない嫌がらせをするなら、この村田が今度お伺いするとな。ただし、慰謝料と器物破損料をがっぽりいただくぞ。わかったら早く行け。ほら、もう誰かが警察に通報したらしいぞ。パトカーと救急車の音がするぞーっ」

## 二

あずさは涙が溢れて止まらなかった。

一平はあずさの打ちひしがれた姿を眺めて意気消沈していた。やはり、今日の仕事は何としてでも断るべきだった。こんな事態になるとは考えもしなかったことを深く悔やんでいる。迂闊だった。後の祭りとはまさにこのことだと一平は自分を責めている。

学は「面会謝絶」のプレートがかかっている病室の外のソファに座って、肩を震わせて泣いているあずさの手を握りながら、力を込めてささやいた。

「あずさの責任じゃないだろ。商店街の会長さんだってそう言ってたじゃないか。もともとはスナックのオーナーの佐々木さんの借金の問題がこじれていることなんだからさあ。落ち着いて、はじめの発端はあずさがあの取り立て屋の男にぶつかったところからだとしても、それは不測の事態だろう？　男の方からぶつかってきたと肉屋の森本さんも証言していたし、あれは、あいつらのやり口なんだよ」

「そうだよ、あずささんは責任は皆無だよ。たまたま巻き込まれたんだから、心配しなくていいさ。それに、良ちゃんはきっと意識が戻るよ。俺は信じてるから」

一平も力を込めて言うと、両手を固く組んだまま眼をつむった。

「一平さん、ありがとう。でも良吉さんは、わたしがあの男に絡まれているのを見て、空き缶集めをしていたのに飛び出してきて、身体を張ってわたしを助けようとしてくれたの。あんなに弱々しい身体を投げ出して、わたしを助けようとしてくれたのよ。そしたら、いきなり良吉さんに乱暴してきて、殴ったり、蹴ったり、佐々木さんは見てられなくって、それを止めようとして、巻き込まれてしまったの。わたしはびっくりして慌てて警察を呼ぼうとしたんだけど、気が動転してしまって、携帯がうまくつながらなかったの。ぐずぐずしているうちにこんなことになってしまって、本当にわたしのせいなんだわ。良吉さん、ごめんなさい。申し訳なくって、わたし」

佐々木の方はなんとかすり傷と打ち身で済んだが、良吉はもともと糖尿病の持病があるところに、倒れたときの衝撃で、肩を骨折していたし、頭を強く打って昏睡状態になっていた。取り立て屋の二人が逃げて行った後、救急車にのせられて手当を受けたが、四時間を経過してもまだ意識が戻らず、危険な状態のままである。

友紀がコスモスの花の花束を抱え、不安そうに眉をひそめて姿を現した。繊細な葉にしなやかな花茎を伸ばして、濃いピンクや淡いピンク、白などの花が友紀の胸元で華やかに揺れている。

泣きじゃくっているあずさに視線を投げながら、学に花束を差し出した。

「ああ、学さん、あずささんは大変でしたね。でも怪我もなくてよかった」

「ああ、友紀さん、ありがとうございます。昨日はお世話になりました。あずさはちょっと動揺しているので、支援センターの方々や商店街の皆さんにも随分ご迷惑をかけてしまったようです」

「そんな、迷惑だなんて、浜岡組のこと、事前にお話ししておけばよかったですね。こちらこそ申し訳ないです。あずささんに感謝しています。もし、あずささんが止めてくれなかったら、良吉さんはどうなっていたか」

学が立ちあがって友紀から花束を受け取ったとき、村田、銀吉、恵介らが息を切らしながら駆けつけてきた。その時、良吉の病室から看護師が姿を見せた。

「三笠さん、意識が戻りました。もう大丈夫ですよ。どうぞ、静かにお入りください」

真っ先に動いたのはあずさだった。立ち上がり、病室に飛び込むと、すぐに良吉の手を取った。一平と学が後に続いた。ベットに横たわっている良吉の頭には真っ白な包帯が巻かれている。右肩にはギブスもはめられて窮屈そうな姿で横になっていた。良吉は少し眼が潤んでいたが、あずさや一平を見てとても驚いたような顔をした。そしてすぐに温かい視線をあずさに送ってきた。

「良ちゃん、よかったな。もう大丈夫だよ」

「良吉さん、わたし、わたしのために、ごめんなさい、ほんとにごめんなさい」

良吉は不安げに瞳を泳がせたが、首を微かに横に振ると、すぐに力尽きて眼を瞑った。

「あずさ、いまあまり、話しかけない方がいいんじゃないか。良吉さんもやっと意識が戻ったんだし」

　学が、あずさの肩に手を回しながら言った。

「そうね、ごめんなさい。つい、わたし嬉しくて」

　銀吉があずさに向かって言った。

「あずささんのことは村田会長から聞きました。ほんとうによかったよ。今、医師に容態をたずねたら、点滴で栄養を補給しながら体調を戻せば、退院できるということだった。まだ五〇前で、何と言っても良ちゃんは若いんだから、大丈夫だよ。でもあずささんに止めてもらわなかったら、どうなってたかと俺も思うよ。ありがとうね」

「それにしても、あの技は護身術だよねえ。空手、すごかったなあ。あずささん、なかなかの腕だねえ」

　村田があずさを励ますようにことさらに明るく声をかけた。

「いえ、そんな、わたし、咄嗟に身体が動いたんです」

「でもあの時は本当に危ないと思ったから、みんな胸をなで下ろしたさ、そうでなかったら、誰かが怪我したかもしれないし、良ちゃんだってどうなってたかと思うと危機一髪だったさ。ありがとう、あずささん、もともとはこの商店街のトラブルなのにあなたを巻き込んでしまって、申し訳ないと思っているんだ。済まなかったね。良ちゃんもあなたのおかげで命拾いしたよ」

「俺ら、野宿者はいつもこんなきわどいところを渡り歩いているからね。でもよかった。良ちゃんは普段からあまり喋らないけど、きっとあずささんにはとても感謝していると思うよ」

一平がそう言って、あずさに深々と頭を下げた。

傍らにいた恵介は何も言わずに眼を潤ませ、一緒に頭を下げた。

「いいえ、そんなこと。感謝するのはわたしの方なのに、わたし、しばらく良吉さんの容態が落ち着くまで、付き添ってもいいでしょうか。まだ心配ですし、それに、それに、何だか全くの他人とは思えないんです。わたしの方こそ、この際、恩返しのつもりで付き添いたいんです」

「それは、願ってもないことだし、俺らに異論はないが、いいのかな？」

一平が学の方を見て言った。

「ああ、もちろん、俺もここに残ります。良吉さんはあずさの危ないところを助けてくださった方です。あずさの気が済むまで、付き添うのは当然です」

村田と銀吉は一瞬、顔を見合わせたが、すぐに二人に頭を下げて病室を出た。

「じゃ、あずささん、学さん、良ちゃんのことよろしくお願いします。良ちゃん、また来るからな。無理しないで、ゆっくり養生してなあ」

一平はもう一度、良吉に視線を投げ手を振ると、良吉は薄目を開けて苦しそうに顔を歪めた。恵介と眼で合図しあい、一平は村田たちの後を追って病室を出た。

三

良吉がようやく退院を迎えた。

骨折のリハビリ治療と糖尿病の治療はまだ続くが、三角巾で腕をつったまま、退院することになったのだ。あずさが付き添ってくれた二週間は良吉にとって、もう二度とないと思えるほど楽しい日々だったようだ。一平は何度か見舞いに通ったが、良吉とあずさの間に、見えない心の通い合いがあるようで、すっかり病室に馴染んで楽しげに談笑している二人の姿が見られた。その楽しげな雰囲気に、一平はすっかり圧倒されていた。いくらか良吉を羨む気持ちも動いていたが、そっとしておいてやりたいと陰ながら思っていた。

それから二週間後、あずさと学が内輪の式を挙げ、めでたく入籍をすまし、とうとう明日、イギリスへ旅立つことになった。あずさと学は、良吉、一平、銀吉、村田、友紀の五人を今までのことを感謝する意味で、昼の中華ランチに誘い、楽しく別れの会を開きたいと告げた。はじめ良吉は華やかな席は自分にはそぐわないと固く辞退したが、村田や一平の説得でみんな一緒に参加することになった。一平は自分はもちろん、良吉や銀吉の服を馴染みのコインランドリーできれいに洗いアイロンをかけてやり、良吉が肩身の狭い思いをしないようにと準備した。銀吉は夏用のグレイの背広を着て目立っていたし、良吉も一平も自分の一番気に入っているポロシャツを着て、こざっぱりとした身なりになっていた。友紀も普段あまり着ないような、ひまわりの花柄がお洒落な夏の鮮やかな黄色のワンピースで登場した。

浜崎駅前の中華料理店で、あずさは普段の髪をアップにし、大人っぽさを強調した装いで夏らしい青のワンピースを着て、輝いていた。学は薄いベージュの背広であずさとバランスを取っている。二人並ぶとまるで結婚披露宴のような華やかさが漂って人目を惹いた。

「いやあ、見違えたね。二人とも素敵だ」

村田も思わず感嘆の声をあげた。

一平も眩しそうに見上げて微笑んだ。

回るテーブル席で、七人が座った。飲み物は紹興酒で乾杯となった。

良吉や一平、銀吉にとっては眼の醒めるような料理が次々と運ばれてきた。歯がない良吉のためにひき肉の料理中心に注文した。大皿から取り分け、あずさがかいがいしくサポートする姿が際立っていた。

「本当にあずささん、おめでとうございます。よかったわね。これからはうんと幸せになってね」

友紀は涙を浮かべて、祝福の言葉を述べた。

イギリスのエリザベス女王の話題で楽しく盛り上がっていたが、あっという間にデザートの時間になった。杏仁豆腐に、イチゴやメロン、キイチゴなどのフルーツが添えてあって、一平はお腹も満腹になった。心地よい紹興酒の酔いも回っている。

「良吉さん、一平さん、銀吉さん、村田さん、友紀さん、それじゃあ、わたしたちは明日の三時に成田から出発します。みなさんたちに何とお礼を言ったらいいかわからないけど、本当にお世話になりました。不穏な情勢が動いているので、どうなるかわかりませんが。きっとまた会える日までお元気でいてください。きっとまたいつか、日本に戻ってきますから、その時はまた元気で迎えてください。その日を楽しみに行ってきます」

学が挨拶した。あずさは眼を潤ませて、うつむいたまま微笑んでいる。

「元気でね。二人で仲良くやっていくんだよ」

銀吉が二人に温かい言葉をかけた。

「あずささんたちのことは忘れません。いつでも歓迎するからね。困ったときは遠慮しないですぐに日本に帰ってきてね」

友紀も温かい声で言った。

「とても幸せそうなお二人を見て嬉しいです。また俺らでできることがあったら、力になりたいので、いつでも日本に帰ってきてくださいな」

一平はそう言うなり、思わず涙をこぼした。

銀吉も村田も眼が潤んでいたし、ハンカチを眼に押し当てている。

良吉は声もなくうなだれている。

「あずささん、また必ず戻ってきてくださいよ。きっと」

村田は不意にこぼれる涙を拭おうともせずに言った。もっと話したいことがあったふうだったが、言葉を濁して力なく座った。

「良吉さん、頑張ってね……日本に戻ってきたら、真っ先に知らせるからね」

ふとあずさが顔をあげて、良吉を見つめた。

「ああ……」

良吉は胸がいっぱいになったようで、声も出なかった。前のめりに座ったまま下をずっと見ていた。あずさが声をかけてくれたということだけで、幸せなのだと言っているように一平には思えた。

最後にあずさは親密な思いのこもった表情で、一人ひとりと握手して別れを告げていった。友紀も何度もあずさと学の寄り添う姿を振り返って見つめながら、笑顔で帰って行った。


帰りに村田はスナック『銀河』を通りかかると、銀吉と一平を呼びとめて、もう少し飲んで行こうと誘った。良吉は疲れたからと言って先に帰った。まだ体調が完全に戻っていないのであろうと一平は思った。夏の終わりの日射しが村田たちの頬を照らしている。九月になったとはいえ、まだ蒸し暑さの続く午後であった。

「何か急に寂しくなったねえ」

村田はしんみりとした口調で言った。

「あずささん、綺麗だったねえ。思わぬ眼の保養になったよ」

銀吉もうっとりとした顔で笑っている。

　一平も紹興酒の酔いが残っている。

　開店前で佐々木も奥に引っ込んだままである。店内はがらんとしていて静かだった。村田は奥の佐々木に声をかけて、ビールとコップを三つ抱えてきた。

　村田に注がれたビールを飲みながら一平が言った。

「もう会えないような雰囲気もあったけど、そうだとしたら、良ちゃんも哀しいだろうなあ。すっごく寂しそうだったよ。疲れたと言っていたが、身体は大丈夫かな」

「ああ、まるで本当の親子みたいに仲が良かったもんなあ。良ちゃんは一番あずささんのことを思っていたからね」

　銀吉も残念そうに相槌を打った。

　村田が眉をひそめて続けた。

「学さんはイギリスの取材だろう、最近海外の情勢が不穏だからね。俺も新婚時代ぐらいは日本にいたらと本当は言いたかったが、もう少し二人を見守ってやりたかった」

「思い切って言ってやればよかったかもね。村田さん」

　一平もビールのコップをじっと眺めながらつぶやいた。

「ああ、言えないですねえ、一平ちゃん、やっぱりそれは。一平ちゃんも言ってたけど二人はカメラマンの仕事に信念のようなものを持っているようだしね。だから誰にも止められないだろう。俺らは無事を祈るしかないんだろうね」

村田はつらそうな顔を向けると、ビールをぐいっと飲んで押し黙った。

銀吉は村田の様子を眺めながらも、静かに余韻にひたっていた。

「村田さん、もっと何か言いたいことがあるんではないでしょうか」

一平はランチパーティの間じゅうずっと、そわそわして落ち着かない様子だった村田に、どことなく違和感を覚えていた。

「わかるかい、一平ちゃん。いや、俺はさあ、やっぱりあずささんの父親を探してやれなかったのが残念だし、あの二人のために何かしてあげられたのかと思うと哀しくてならないんだよ」

村田は再びビールをコップに注いで、一気に飲み干した。

「それは、俺たちだってそう思うが」

一平は村田の言っている意味はわかったが、奇妙な感じは続いていた。

銀吉がビールを飲み干すと、コップを置いた。

「おや、銀さん。今日は、なかなかいけるじゃないか」

村田が嬉しそうな声をあげた。

「ああ、今日は昼間っから申し訳ないが、二人の祝福の意味で飲んでいるからね」

「銀さんはどう思うんだい、これでいいのかな。あんなに良吉のことを考えているあずささんの気持ちを思うと、かえってこのままの方がいいのかとも思えてくるが、だが、それでほんとにいいのかと」

「村田さんもそう思っていたんだね。俺も実は人探しをしながら、いろいろ考えたよ」

銀吉も村田にビールを注いでもらいながら話し始めた。

「俺もあずささんの写真を持って、野宿者の小屋を訪ねながら、聞いてみたんだが、あんなに自分じゃないかって言い出す人がいるとは思わなかった。みんな娘を持つ身だとはいえ、半信半疑だったのに、七人も名乗り出るなんて驚いたさ。あんなに自分の昔の家族を今も慕っているなんて、今さらながら哀しいなと思ったよ」

「だけど、それは銀さん、当たり前だろう？　口には出さなくったって、みんな故郷のことは忘れていないんだから」

一平はつらそうな視線を向けて言った。

「そうだね。一平ちゃん、一人になったときはみんなそう思っているんだろうなあ。俺だって、息子のことは今だって忘れられない。他人事ではないがね」

銀吉も遠くを見るような眼差しを向けて頷いた。

「なかには、わざわざ俺のところに来て、『銀さん、やっぱりあずささんは俺の娘ではないけど、もしかしたらと思って申し出て行ったのさ、自分の娘の特徴や生まれた場所を問い合わせたら残念だけど違ってた。でも銀さんを恨む気持なんかないよ。万一ということがあると思ってどうしても行かずにはいられなかったんだよ。娘が自分を探しに来てくれたなんて、本当なら涙が出るじゃないか。そう思っていた時間はなぜかワクワク、どきどきして嬉しくてね、前の夜は眼がさえて眠れなかったよ。懐かしくて昔に戻った気がしたたし、若い女の人と口をきいたのも久しぶりだったし。だから銀さんありがとうよ。恨みを言いに来たんじゃない。お礼を言いに来たんだよ。これ、ほんのお礼のしるし』と言って、プロセスチーズを二本持って渡してくれてね。俺はなんだか涙が出たよ」

一平は驚いて銀吉の方を見た。一平の頬に冷たいものが一筋伝っていく。

「いい話だね、銀さん」

「そうだったのか。あずささんも銀さんも、七人が七人とも全部空振りで終わって、さぞかしがっかりしているだろうし、変な希望を持たせるような話はもうたくさんだと野宿者のなかには怒っている人だっているんだろうなと案じていたが、それはよかった。情に厚い銀さんの人柄だね。下手するとトラブルのもとにもなりかねなかったが」

村田は感心したように頷いて笑った。

「どうしようもないけど、まあ、奇跡のような話はないね。金輪際、俺らには」

銀吉はますます頭を抱え込んだ。

「それとも一つ、あの写真だが、ここだけの話ということで特に良ちゃんやあずささんには耳に入れない方がいいんだが。あの写真のあずさを抱いて笑っている青年を俺は実は知っている。なぜかって、つまり、あの写真を撮ったのは俺だということだからさ」

「えっ、まさか、それって、どういうこと」

一平は思わず叫んだ。

銀吉も、もしかしたらと思ったのだろう、息を呑んだようだった。

村田はビールをぐっと空けると照れくさそうに笑った。

「俺はあずさの母親も知っている。あずさの母親は幸子と言って、昔大阪の貧しい長屋に住んでいたんだ。俺も大学に行く前は大阪にいて、親父は酒屋を営んでいた。その頃、重い一升瓶を抱えてまだ可愛い、小学校にあがったばかりの幸子がいつも酒を買いに来ていた。いつも陽ちゃん、陽ちゃんと言って俺にまとわりついてなついていたんだ。俺はもう二〇を過ぎていたが、大学受験に失敗して予備校にも行かずにブラブラしていたんだ。そりゃあ幸子は可愛くてね……頬が紅をつけたように光っていて、瓜実顔の眼のぱっちりした愛くるしい子だった」

一平はうっとりした表情で語る村田を、呆然と見つめている。

「ところがだ！　商店街の胡散臭い連中が幸子に眼をつけて、いたずらをしようとしたんだ。俺は知らせを聞いて、助けに飛び出したが、五人もいる連中にボコボコにやられて怖くなり、動けなくなってしまった。何であの時すぐに警察や近くの人に助けを呼ばなかったのか、後で後悔したが。俺が助けるんだって粋がってたんだな。そのとき幸子の幼馴染みの少年が幸子を助けようと全力で飛び出してきた。何度も蹴られ、何度も殴られて血だらけになりながらも立ち上がってかばい、幸子を守ろうとしていたんだな。それを見た連中は少年の気迫に驚いて、いたずらする気を削がれて逃げていったんだ」

「それは、悲惨なことだなあ」

　銀吉がつぶやくと一平は言った。

「小さくてもその少年は必死だったんだろうな。それだけ、幸子さんに惚れていたとか」

「ほどなくパトカーと救急車が来て、少年も病院へ運ばれていった。俺は下着もずたずたに切られ震える幸子を抱き上げ、家まで送っていったが、何で俺はあんな可愛い子を守れなかったんだろうと自分に嫌気がさしたんだ。幼馴染みの少年にしてやられた気がしたね。その後親父も大阪を引き上げて浜崎に移るというので、俺は別れの挨拶もしないで逃げるように大阪を後にしたんだ。それからは懸命に大学を受験してようやく合格したよ。やっと大学生にはなれたが、実に俺は薄情な男だねえ。俺は最低だよ、一平ちゃん、銀さん、いまは会長だなんて威張っているけど、ほんとはそんなちっぽけな男なんだよ」

村田は眼を潤ませてため息をついた。

「ええっ、そうだったんですか。でも、それは、突発的な事故だし」

もっとなにか言いたそうな一平の言葉を強引に遮って、村田はそのまま続けた。

「いや、まだ聞いてよ。一平ちゃん、俺は幸子のことはそのまま忘れて結婚し、親父の事業を手伝って二人の子持ちになった。ところが、ある日お得意さんの招待で大阪湾の近くの街に行ったときに幸子と再会した。たまたま行った料亭で幸子は乳飲み子を背負いながら汗だくで働いていた。傍であのとき幼馴染みだった少年が板前になり、幸子と所帯を持っていた。挨拶に来た親子を見て、俺は三人の記念写真を撮ってやったのさ。ささやかな罪滅ぼしだと思ってね」

「二人が幸せになったのだから、よかったんじゃないんですか。村田さん」

怪訝な顔で一平は、村田をまじまじと見た。

「ところが、一年後にできた写真を料亭あてに送ったら、すぐに返事が来て、幸子の夫は傷害事件を起こし、服役中に首をつってあっけなく死んでしまったのだそうだ。この子が大きくなったら、これがお父さんだよって、教えてあげたいけど、陽一さん、刑務所入りの男が父親だなんて口が裂けても言えないので、あなたに迷惑はかけないから、夫が生きていることにしてほしいと言ってきたんだ。そして父親が生きているという証に時々葉書を送ってほしい。つまり仮の父親役を演じてほしいという意味だったんだ。幸子はすさんだ暮らしをしたには違いないが、どことなく品のある身のこなしも感じられて、ひたむきに年を重ねてきたいじらしさもあり、ほっとけないと俺も思ったよ。虫のいい話だが、引き受けてやろうと思ったのさ。だから、あずさが俺にあの写真を見せたときはすぐに思い出せなかった。こんなところにその娘が大人になって父親を探しに来るなんて思ってもみなかった。あずさが事務所を出て行った後、幸子との約束を思い出して、あずさの幸せのためには黙っていなきゃいけないだろうと思って、ずうっと迷って言い出せなかった」

「それなら、あのう、あの商店街の葉書は？」

一平は村田の話に気圧されながらも、もうひとつの疑惑について説明を求めた。

「ああ、あの葉書は俺がアイディアを出して作ったものさ、ちょうどその頃、俺の所に幸子から再婚しましたという葉書が届いたのさ。俺はもう何処かに捨ててしまったが、その返事に幸子に送った葉書だよ。幸子があんなに大事にとって置いたなんて思ってもみなかった。名前は苗字だけ偽名を使って、みかみよういちと書いて、それだけで、幸子はああ、陽ちゃんからの葉書ってわかると思ってね。新しいご主人に何か言われて変に勘繰られたりしたら、可哀想だと思ってね。もう再婚した以上は幸子との約束は終わったのだからさ」

「じゃあ、良ちゃんは、それじゃあ」

「まず父親であるはずがないわけだよ」

「それはがっかりするだろうなあ。仕方ないけど、良ちゃんも、あずささんも」

一平はひどく落胆した。病室の二人の様子には胸を締めつけられたが、懐かしい温かさを感じていたからだ。良吉の幸せそうな笑顔が鮮やかに一平の脳裏に浮かんでくる。

「それで、村田さんはこれから、どうなさるつもりですか」

不意に銀吉が不安な顔を向けて言った。

「どうもしないさ。今さら犯罪者の娘だなんて言ってなんになる。良ちゃんをもしかしたら、父親かもしれないと感じているのなら、それはそれでいいのではないかなと俺は思う。あずささんを命がけで守ろうとしたあの行動こそ、まさに父親の行動だったのだからな。あずささんはもう俺らにとっても、見知らぬ女ではないのだし。俺はこの秘密を墓場まで持って行くよ。幸子との約束だからなあ、銀さん、一平ちゃん、それで良いだろう」

「もちろんです。村田さんさえよければ」

一平は銀吉と顔を見合わせてうなずいた。

村田は晴れ晴れとした顔を再び曇らせて言った。

「銀さんも一平さんも、そういうことだから、くれぐれも良ちゃんとあずささん夫妻には内緒にしておいてくれ。いや、二人に打ち明けて俺もとても気が晴れたよ。ずうっとすっきりしなくて、どうしようかと悩んでいたんだよ」

「ああ、そういうことなら、いくらでも協力しますよ、村田さん、あずささんと良ちゃんのためですからね」

一平は銀吉と顔を見合わせながら、深いため息をついた。

# 四　夏の終わりに

## 一

夏の終わりに冬が駆け足で近づいてきたような一〇月がやってきた。

あずさ夫妻がイギリスに旅立って一週間が過ぎようとしていた。

一平はそれからずっと村田から聞いた写真と葉書のいきさつを何度も自分のなかで反芻していた。不思議なことに日がたつにつれて、やはりどうしても釈然としない思いが首をもたげてくるのだった。村田はこれで誰も傷つかないのだからとでもいうように話を終えたが、やはり納得がいかなかった。

――あずささん自身はどうなのだろう。本当に、これでいいと思っているのか。良吉を父親と思っているのだろうか。

いや、やはりそうは思えないと一平は思った。

周囲の人間たちがあずさの思いをくみ取り配慮して守っているのだと見えながら、この真実を隠していることに、何も心の痛みも覚えずにすませてしまっていいのか。善意からだとしても、村田の真実隠しに加担させられているだけではないのかと思えてしかたがなかったのだ。そのもやもやした澱んだ気持ちは、銀吉の小屋で良吉の顔を見て暮らしている日常のなかでは、やはりこれでいいのだという声が聞こえてくるように思える。だが、ひとたび一人になり、朝の爽やかな空気を吸い込んだり、昼の仕事にふと一息を入れたりしたときに、違う、という叫びが心の底から響いてきて、一平をずっと苦しめた。

——良ちゃんが。

自分の命を投げうって、あずささんを守ろうとした行為は確かに素晴らしいと思う。それほどまでにする思いは報われてしかるべきだと誰しも思うはずだ。だが、それと父親であるという事実はまったく別のことだという気がした。

一平はそう思えば思うほど、胸苦しい苛立ちが募ってきて、いてもたってもいられないのであった。

——どうして本当のことを言ってくれないの。あなたは知っていたのでしょう。

一平の耳に悲痛な声が、耳鳴りのような響きを伴って聞こえてくる。決して思い出したくない記憶の底に眠っていたものが凄まじい濁流のように一平の胸に押し寄せ、日を追うごとに膨らみ続けているのを感じている。

一平が故郷の能登で両親を肺炎で亡くした後、たった一人の家族であった姉も同じ病気で失った。自分に降りかかってきた両親の残した多額の借金を返せずに一平は途方に暮れて大阪に出てきた。住み込みで建築現場の日雇いの仕事についていた時はすでに三〇歳を越していた。一平は、自分より若い、荒っぽい監督三人に怒鳴られ、現場の危険な仕事や面倒な組み立ての仕事を、たくさん押しつけられながらも、懸命にこなしていた。飯場の炊事場でアルバイトに来ていた現場主任の娘が、二〇歳そこそこの可愛いえくぼのある顔に笑みを浮かべて、何かと一平に話しかけてきた。一平はその娘に一目で惹かれたが、多額の借金を背負ったままの自分の境遇を思い、生涯家族は持たないという誓いをたて、むしろ素っ気なく邪険に扱った。それと強欲の監督の一人が密かにその娘を狙っているのを知っていた。自分は娘を幸せにできないが、せめて監督の欲望の餌食にならないようにと気を配っていた。

ある日、監督が一平を同僚の三人で取り囲み、娘を波止場の寂しい場所におびき出せと命令した。とんでもないことだと思い断ろうとしたが、俺らが呼び出しても来ないがお前だったらきっと来る、だから協力しろ！　と怒鳴った。それでもまだうんと言わない一平に、一人がナイフを突きつけて脅した。お前とその娘を殺してもいいのかと。言い出したら、聞かない連中だった。一平は自分が断っても他の奴に自分の代わりをさせるに決まっている。それなら、自分が連れ出して、娘を守ってやった方がきっといいに違いない。いや、もしかしたら、娘は俺に愛想をつかしてついてこないかもしれないとも思えた。

だが、娘は嬉しそうに微笑んでいそいそと一平についてきた。その時の娘の嬉しそうな、眼の潤んだ横顔が、今も一平には忘れられない。あずさが婚約者の学を見つめていた横顔と重なって、今も一平の胸に切なく迫ってくる。

波止場に着いた二人を待っていたのは、三人の監督が考えた筋書きだった。雇われた見知らぬならず者に一平はぼこぼこにされ気を失った。その後娘を助けに現れた監督は意気揚々と泣き叫ぶ娘を連れ去って行ったのだ。一平は娘の純な思いを踏みにじり、悪人として現場主任に罵倒され、職を失った。あきらめきれない娘が追いかけてきて最後に一平に言った言葉が、今も一平の記憶の底でどす黒い血にまみれて、横たわったままだ。

——どうして本当のことを言ってくれないの。あなたは知っていたのでしょう。

現場主任が娘を助けた監督を婿にすると言っていると娘から聞いたとき、一平は何も聞かず、何も語らず、ただ時に流されていくしかないと固く口を閉ざした。娘がまだ自分への思いを断ち切れずにいるのはわかっていた。しかし、自分が娘をどんなに好きでも、どうしようもないのだから、俺は悪人のままでいよう、娘の幸せのためにその方がいいに決まっていると思い込み、とうとう真実を話さなかった。

——ねえ、どうして、どうして黙っているの。本当のことを言って。わたしは信じていてよ。一平さんのことを。

どうしてと一平に必死にすがるように、泣きながら言い続けた娘の誠意を、俺は冷たく踏みにじったのだ。

あずさのこともこのままでいいわけがないと一平はどうしても思わずにはいられないのだった。母親の幸子の幼馴染みの少年が、血だらけになりながらも幸子を守り抜こうとした事実が、いつまでも一平の心に突き刺さっている。この思いを村田にぶちまけて、あずさに真実を語ってやってほしいと伝えようと一平はとうとう決心したのだった。

## 二

雨の多い日が続いたり、荒々しい突風が吹き荒れたりして、一平は小屋にこもることが多くなって気持ちも落ち着かず沈んでいた。

一〇月も半ばになり、朝晩はめっきり寒くなってきた。良吉は昼は起きて、時々得意先の片づけ仕事に出かけていたが、以前より疲れやすくなり、二軒行ったらいい方で、一軒だけで帰ってきて、すぐに横になることもしばしばであった。恵介と銀吉は相変わらず活発に動き回っている。

「良ちゃん、無理しなくていいから、身体、休めてなあ」

村田も心配してくれて、頻繁に小屋に見舞いに来てくれていた。

珍しく銀吉や恵介、良吉の三人が仕事に出て不在だった日の夕方に、一平は村田の事務所に出かけて行った。

「村田さん、こんにちは」

「おや、一平ちゃんが、こわい顔をしてどうしたのかな」

事務所で資料に眼を通していた村田は、眉をひそめて顔をあげた。

「村田さん、悪いね。ちょっと外に出られますか」

「ああ、もう帰るところだから、大丈夫だよ。晴美さんも今帰ったところだよ」

一平は村田の前を先に立って歩いた。

外は陽が落ちるまではまだ間があった。大泉公園のもみじが赤く色づき始め、灌木の楓や漆が緑の木々のなかで際立っている。風が秋の冷たさを運んで木々を揺らし、かさかさと音を立てている。絨毯のように敷きつめた芝生の上に、落ち葉が少し降り積もっていた。

小屋の近くのベンチに座ると、一平はすぐに話を切りだした。

「村田さんは気を悪くするかもしれないが……実はあずささんのことで頼みたいことがあるんだ……」

一平は言いにくそうに唾を飲み込んだ。

「なんだ、そんなことか。俺はまた重大なことかと思ったよ。一平ちゃんの顔が引きつっていることなんて今までなかったからね。何かあったのかと心配したよ」

村田は軽い気持ちで笑っていた。

一平は足元に視線を落として言った。

「俺もずいぶん考えたんだけど、村田さんはあの写真と葉書のいきさつを墓場まで持っていくと言ったが、やはり……それはひっかかるんだ」

「えっ、どういうこと？　一平ちゃん、詳しく話してよ」

村田は意外だというように急に顔を向けてきた。

「一番思ったのは、あずささんはどうなのかということさ。本当に良ちゃんを実の父親だと思っているのだろうか」

「そりゃあ、実の父親とは思ってないだろうよ。ただ……自分を助けてくれたという点で、これからも大切に行き来したいと思っていると思うよ。一平ちゃんは知らないと思うが、あずささんは、もう特に探すつもりはないようだよ。あの取り立て屋が暴れた日に事務所に来て、そう言っていたしね」

「ああ、俺が行けなかったあの日、でもそれは、あずささんの本心ではないと思う」

一平は暗い気持ちになった。

「いいんじゃないか。そんなことは深刻に考えなくても。実の父親であろうとなかろうと、あずささんは俺らにとっては、大切な人だということは変わらないんだし。ああ、でも一平ちゃんの頼みというのは？」

「俺は写真と手紙のいきさつを、あずささんにはきちんと話してやってほしいと思うんだよ。実の父親がもう亡くなっていることも。あずささんはそれを知る権利があるわけだし」

「なぜだい」

「まったく村田さんが知らないなら、知らせる必要はないけど、実の父親の人が少年の頃に幸子さんを血だらけになりながら守ろうとしたって村田さん、言ってたよね。絶対勝ち目のない大人五人を相手に、懸命に立ち向かったって」

「ああ、そうだよ。あれには俺も脱帽だが」

「そして、板前になって父親になったころ、傷害事件を起こして服役した。犯罪者になったと。だけど犯罪を起こしたとしても、何か事情があったに違いないよね。村田さんはその事情を知っていると思うが」

「ああ、幸子と料亭の女将に聞いた話だがね、厨房で働いていた幸子を見初めた客が、無理やりお座敷に呼ぼうとしたんだ。それを聞いた板前の夫が客といざこざを起こして傷害事件をおこしたというわけさ、悪いのはその客なのだが、大阪では名の知れた客だというから女将も困ったらしい」

「ああ、やっぱり、はめられたというわけか」

一平はうつむくと、眼を潤ませた。

「早く言えばそういうわけさ。痛ましい話だがね」

「それならなおさら」

一平は声を震わせてつぶやいた。

「村田さん、貧しい星のもとに生まれた人間は、いつも財力や権力のあるものに踏みにじられるのではないですか。その人だって、なりたくて犯罪者になったわけじゃない。もしかしたら、えん罪だったかもしれないじゃないですか。今となってはもう闇の中だが」

「ああ、気の毒なことだがね。今さらどうすることもできはしないさ」

「でもそれを隠すことはあずささんを信頼していないことじゃないのかな。あずささんは命の危険もありながら、イギリスに渡って、命がけで仕事をしていこうとしている人さ、きっとその父親の犯罪者になった事情を聞いても、受け入れると思うんだ。はじめて聞いたときは確かに本人が亡くなっているんだし、伝えなくていいのかと思ったけど、あずささん本人は、きちんと教えてもらった方が嬉しいだろうなと、どうしても思えるんだよ」

普段の一平では考えられないような思い切った言葉を、村田にぶつけていた。

村田は一瞬ひるんだように押し黙ったが、すぐに一平に向き直ると言った。

「一平ちゃんに聞くけど、もし君があずささんだったら、犯罪者でも教えてほしいかい」

「ああ、俺の父親はどんなことをして亡くなったのかを知りたい。俺は肺炎で亡くなったのを知っているが、生き別れになっていたら、やっぱり父親の生きた証を見つけたい。どこで生涯を終えたのか、どうして亡くなったのか、俺はどんなふうにして生まれて育ったのか、すごく知りたいだろうな」

「…………」

「俺ら野宿者は、死んでも誰も引き取りにも来てもらえないし、まして故郷の墓地に埋めてもらえるわけでもない。その人は関係ありませんと冷たく突き放されるのが普通だよね。どこかで懸命に生きているのに、邪魔にされて、ああその人は亡くなりましたと簡単に言われてしまう。そういうのって、本当に寂しいよ」

一平はもうあふれる涙を抑えきれずに、鼻をすすり上げた。

「そうだなあ、一平ちゃんの言う通りかもしれない。俺はあのあずささんの父親である少年に、俺はきっと、嫉妬していたんだな。俺ができなかったこと、幸子を守るということを身体中を盾にして、してのけたからな。犯罪者になったというのを聞いたとき、ざまあみろという気持ちが俺になかったとは言えない。ああ、俺はそんなちっぽけな男だったんだなあ。一平ちゃん、すまない。わかった、今度あずささんが日本に帰ってきたら必ず話すよ。きっと何か事情があったに違いないが、お母さんを命がけで守った勇敢な人だった。そんな愛情に包まれてあなたは生まれてきたんだと教えてやるさ。もしイギリスの住所がわかったら手紙を送ってもいい。それでいいかい、一平ちゃん」

「ああ、それなら、村田さん。ありがとう」

「礼なんかいらないよ。ところで、一平ちゃん、良ちゃんのほうはどうする」

「良ちゃんには俺がいつか話すよ。たぶん、本当には実の父親だとは思ってないだろうと思う。きっと、寂しいけれど」

「でも良ちゃんは、大阪に本当の息子さんと娘さんがいるんだし、これからまだ会えるかもしれないんだから、そう思えるだけでも幸せさ。あずささんにも慕われているもの」

「そうですよね」

村田は立ち上がると一平の手を取り、きつく握りしめた。

「一平ちゃん、やっぱり、嘘はいけないや。俺も違和感があったんだよ。自分で言っといておかしいけどね、真実を知らせるっていうことは相手を信頼することだということを俺は忘れていたよ」

村田は穏やかな顔で眼を潤ませると、思いっきり伸びをして笑った。

一平も嬉しそうにうなずいた。

そして村田の方を見ると、いつものガッツポーズをした。

三

「一平さーん、あずささんから、エアーメールが届いていますよ」

思いがけない声が響いた。秋の長雨で空き缶集めや段ボールの回収が思うようにできなくて、仕方なく仕事探しに一平が支援センターにやってきたとき、友紀が大声で一平を呼び止めたのである。

「えっ、エ、エアーメール。なんだそりゃ」

「ほら、イギリスから、小包よ。なんかいっぱい中に入っているみたい、包みがこんなに膨らんでいるわ」

友紀が嬉しそうに笑って一平に手渡した。

それは一平にとっては見たこともない、みみずが這ったような英語の表書きが書かれている、少し大きめの包みだった。

包みを開けて見ると中には結婚式と思われる教会の中の写真や外の広場での写真が三枚と手紙、それに良吉宛の大型の包みも一緒に入っている。

「まあ、結婚式の写真ね、素敵。あずささん、幸せそうに輝いているわね。学さんも嬉しそう。いいわね、ほんとお似合いのカップル」

友紀が写真をかざして感心したように見入った。

「どこどこ、友紀さん、結婚式だって」

じっと机で資料読みをしていた若い職員の松崎守が聞きつけてとんできた。

「友紀さん、この広場の後ろに見えるのは確かイギリスのウエストミンスター寺院だよ。俺、学生の時にヨーロッパ旅行で行ったことがあるから、ふーん、イギリスで式を挙げたんだね。すっごいなあ」

松崎が友紀の持っている写真をじっと見て言った。

「この写真、村田さんたちにも見せてあげましょうよ、コピーするから少し借りていいかしら。でも一枚だけは良吉さんにはあげたらいいわね」

「ああ、それがいいね」

松崎も頷いて笑った。

一平が手紙を広げて二人に読み上げた。

「えっと、何々。イギリスのジャーナリスト仲間が結婚を祝ってくれるというので、簡単な式を挙げました。みなさんにはよくしていただいて、感謝の言葉もありません。今は小さなアパートを借りて暮らしています。イギリスはパンが主食でジャガイモ料理が多いので、たくさんじゃがいもを買ってきて食べています。日本のお米とみそ汁が恋しいです。でも最近は日本食もブームになっているので時々日本食専門の店に行って、お寿司やお蕎麦を楽しんでいます。だって」

「あらら、まだ包みの中に何か入ってる。三笠良吉様って書いてある。とても大きな包みね、何がはいっているのかしら」

友紀がいたずらっぽく笑った。

一平が手紙の二枚目をめくって再び読んだ。

「あっ、良ちゃんのことも書いてある。何々、もうしばらくしたら、冷たい風の吹く冬がやってきますね。先日暖かそうな毛糸を買いました。それで、編み物を始めました。わたし、来年の初夏には子どもが生まれることになったんです。だから学もあまり外に出ないで家でゆったりしていたらと言ってくれるようになりました。しばらくカメラマンの仕事は休業です。暇になったので、毛糸の帽子とチョッキを編みました。一つ完成したので、良吉さんにお渡しください。また二つ目、三つ目ができたら一平さんや銀吉さんにも送ります。今年中に編むので楽しみにしててください。だってさ」

「ふーん、良吉さん、あずささんの心のこもった手編みなんて、喜ぶわねえ」

友紀がしみじみとした口調でつぶやいた。

「ああ、きっと良ちゃんは泣いて喜ぶかな」

「そういう一平さんのほうが泣いてるじゃんか」

松崎が一平の眼にじんわり溢れてきたものをそれとなく察して笑った。

「早く渡してあげて。一平さん、ほうら」

友紀が包みを包みなおして、もう一度テープで留めると、眼を潤ませている一平に手渡した。

村田は今度あずさ夫妻が戻ってきたら、あの写真と葉書の真実を語ると一平に約束した。犯罪者と呼ばれても、本当に愛した女を守るためにしたことが罪に問われる結果になったという事実をきっとあずさに理解してもらえるように話すと村田は言っていた。自分の本当の父親の生きざまをむしろ誇りにしてほしいという気持はあの二人にはきっと伝わるはずだと一平は信じて疑わない。

一方で、一平はかつて病室で見た、嬉しそうに談笑する良吉とあずさの姿を思い出し、胸が熱くなった。一平はずっと独り身で、娘もいないし家族を持ったこともない。けれどももし自分に娘がいたら、どうだろうかとふと思った。歯がなくて空洞のような口を思いっきり開けて笑っていた良吉。気持ち悪いと言われまいと、なるべく人前にも出ずにじっと黙って、今までひっそりと過ごしてきた良吉の、うって変わって幸せそうな顔を見ることは一平だってこの上もなく嬉しかったのだ。たとえ、本当の娘ではないということがわかっても、娘のように思う心は変わらないだろう。自分たち野宿者には今の困窮した暮らしを変える力もないし、日々、せいいっぱい働きながら生きていくだけだが、そんな温かい心だけは何年たっても若いころの新鮮さを失いたくないと一平は思っている。

――もし、俺にも娘がいたら。

きっと、生まれてくる新しい命を待ちわびる気持ちが、自分を包み込んで温めてくれたであろう。

――良吉はきっと、小躍りして喜ぶだろうな。いや、恥ずかしさで頭を抱えるだろうか。

良吉の顔をあれこれ思い浮かべながら、一平はあずさからの包みを小脇に抱え、仲間が待つ大泉公園へと足を向けた。

# 薊《あざみ》の棘《とげ》

一

痩せこけた柴犬が、まだ通行人がまばらな十二月の早朝、薄暗い商店街の歩道をゆっくりと横切っていった。

辺りは凍るような冷気が漂い、アーケードの常夜灯が消えかかっていたが、朝の眩い光はまだ届かず静まり返っている。森本光江は思わず立ち止まり、犬の歩む方向に注意を向けた。不意に犬は何を思ったか、いきなり振り返り、光江の歩いている側に向かって近づいてくる。

光江は今年で五二歳である。ジーンズにグレーのダウンコートを羽織っていた。髪をひっつめにしたうなじが冷たい風にさらされ、肌を刺すような冷気を感じている。

浜崎商店街で、光江は病気の夫の憲吉を看取ってからも、十年以上も肉屋を営んでいた。かつて店を閉めるときに勝手口に座り込んで尻尾を振る、ひどく痩せたノラの柴犬がいたのを思い出していた。光江が皿に残り物の肉やハムを入れて差し出してやると、すぐに寄ってきて喉を鳴らして食べていた。

——あの犬、まさかね。

光江が知っていた犬はある日、軽自動車に轢かれてあっけなく死んでしまった。たぶんお腹がすいていたのだろう、ふらふらと元気がなく、車が激しく行き交う道路を横切っていたらしいのだ。動きが鈍く、年老いた犬だったから無理もないことだったのかもしれない。汚れたボロきれのように踏みつぶされて息絶えた犬が、ゴミ箱に無造作に捨てられようとするのを見かねて、光江がその死骸を引き取り毛布でくるみ、車で火葬場に運んでやった記憶が鮮やかによみがえる。

「ほうら、車に轢かれるんじゃないよ、ワン公。気を付けるんだよう。人間様は気が立っているからねえ」

自分に向かって、のろのろと歩いてくるその犬に、ふと立ち止まって話しかけたとき、背後から聞きなれた声がした。

「あら、光江さん、おはようございます。早いのねえ。『陽だまり荘』のミーティングは八時半からでしょ。まだ二時間も前よ」

光江が振り向くと、駅前の生活自立支援センターに勤める巻村友紀が、大きなバッグを重そうに肩にかけて微笑んでいる。傍らに精悍な風貌の背の高い男が立っている。大きな発泡スチロールの箱を抱えていた。ＮＰＯ法人の活動家で友紀の夫の圭治である。地域支援センター「浜友会」を浜崎市で立ち上げて、野宿者を支援する炊き出しや無料診療の活動も行っている。少し禿げかかった頭を丸刈りにしたために、ごつい感じがさらに強まっているように感じられるが、大きな瞳の奥に優しげな光が宿っていた。圭治は友紀よりも二歳年下だが、二人並ぶと友紀よりずっと年上に見られる。

瓜実顔でえくぼが目立つ友紀の面差しは友紀を若々しく活動的に見せていた。二人とも四〇歳を超していたが、作業着のように見える着古した紺のジャージ姿で黒のダウンコートを着ていた。

「何か、手伝えることがあるかなと思って。友紀さんたちこそ、お揃いでこんな早くに」

光江も友紀と同じような布製の肩掛けバッグを持っていた。中には頼まれた炊き出し用の米や梅干し、海苔などが入っている。だが、友紀の方がはるかにずっしりと重い感じがバッグの膨らみ状態からも察せられた。

「農家の方が朝早く持ってきてくれた新鮮な野菜を先に届けておこうと思って。光江さん、一緒に行きましょう」

友紀が穏やかな笑顔を見せて光江を誘った。光江はうなずきながら、後ろを振り向いたが、犬の姿は掻き消えていた。

光江たちが商店街のアーケードを出ると、道路の左側に大泉公園が見えてきた。楠や欅の大木がそそり立つ大泉公園内は、まだ人の動きがなく、ひっそりとしている。

大泉公園は野宿者のブルーシートで覆われた小屋が点在している場所である。テント地のしっかりした造りで建っている高橋銀吉の小屋からは、うっすらと朝の煮炊きをする煙が立ち上っている。夏場ではベンチで着のみ着のままで眠り込んでいる野宿者も見かけるのだが、今はさすがに誰もいなかった。

――この寒さに。

今年もこの寒さに耐えられずに命を落としてしまう人もいるのだろうなと光江は歩きながら胸が痛んだ。真夜中は寒くて、動き回っていないとたまらないと訴えていた若い野宿者の顔も浮かぶ。動ける者は夜中に商店街の片付けのボランティアをしたり、ゴミ箱やゴミ捨て場に放置された古雑誌や新聞なども集めに奔走したりする。そうして明け方まで、身体を温めるようにして過ごすのだと言っていた。

大泉公園を抜けると簡易宿泊所が立ち並ぶ一角に出た。三畳から四畳半で仕切られた部屋で一泊二千円から四千円で泊める所がほとんどで、中には、けば立った畳で悪臭のする、テレビもエアコンもない、まるで独房のような小窓の部屋もある。最近は野宿者や生活困窮者、就労支援を受けている若者などが泊まっていることも多い。外国人観光客が安価な宿をネットで探してくる場合もあった。

『陽だまり荘』はその一角のはずれにあった。ボヤ騒ぎを起こして、管理人とオーナーがやめてしまった後を商店会の会長である村田陽一が買い取って全面的に改築した。一階は大きなホールになっていて、管理人室と調理場、会議室も二つある。五階建てのビルはすべて六畳の部屋で六十人以上は泊まれるようになっている。元の宿舎よりも倍以上の大きなビルにリニューアルした。小さいながら庭もあり、炊き出しに使う大型の物資を運ぶための車も入れられる駐車場のスペースもあった。警察や病院との連携も村田が尽力して、できていた。

病気で弱っている野宿者を一時的に宿泊させたり、生活保護を受けて仕事が見つかるまで安価で泊まれるようにしたり、就労支援も行っていた。『陽だまり食堂』も併設していて、週に一日は子どもや入居者、野宿者への無料デーが設けられている。

「あら、村田さん、おはようございます」

『陽だまり荘』の庭で、落ち葉を掃いている初老の男性の姿が見えたとき、光江は駆け寄っていった。村田は上背があり、幾分小太りで穏やかな物腰ながら、眼の奥に鋭さがあった。今日も活動的なスポーツウェアに黒のジャンパーを着ている。

「村田さん、お疲れ様です。外掃除なら、わたしたちがやりましたものを」

村田は箒を持つ手を止めると振り返り、やってきた三人の姿を認めて微笑んだ。

「ああ、お揃いで。こんなに早くにすみません。いいんですよ。年寄りは朝早く目が覚めるし、つれあいは今、娘の家にお産の手伝いに行っているんでね。俺は置いてきぼりというわけさ。暇つぶしだよ」

「またそんなこと言って。なんか、お嬢さんは三人めのお子さんが生まれそうなんだとお聞きしましたが、吉報はまだなんですね。それは待ち遠しいですね」

「ああ、ひとりだと変に落ち着かなくていけない。光江さん、年だね。まったく困ったもんだよ」

「もう、朝ご飯は召し上がりました。何か買ってきましょうか」

集めた落ち葉を塵取りに取って、手早くゴミ箱に入れている村田に向かって、光江は言った。

「いや、食堂の天野さんに、朝ご飯メニューを作ってもらって、いただいちゃいました。トーストと卵の洋風メニューで珈琲も美味しかったよ。天野さんの評判もいいようだよ」

村田は嬉しそうな顔を光江に向けた。

「村田さん、それはよかったです。じゃ、わたしたちはミーティングの準備しますね」

光江はそう言うと、管理人室に入っていった。

## 二

光江は二二歳の時、知り合いの人に紹介され、静岡県の海沿いの田舎から浜崎市に来て、浜崎商店街で精肉店を営んでいた森本憲吉と結婚した。五歳年上の憲吉はもともと地元の人であったが、両親はすでに他界して身寄りもなかったので、働き者の光江が来たことをとても喜んでくれた。朝早くから肉を仕入れ、切りそろえて店先に並べる憲吉の仕事を手伝いながら、ポテトサラダやとんかつ、コロッケ、てんぷらなどの総菜コーナーを光江が始めた。そのため一挙に店の評判があがった。夕方の六時ごろになると、店先に並ぶ客の姿が見られるようになり、ほとんどの商品は完売になった。子宝には恵まれなかったが、身体があまり丈夫でない憲吉を気遣い、楽しそうな話で客を笑わせながら、町内会の集まりにも進んで参加するようになった。

一九七〇年代から八〇年代にかけて、高度経済成長期のころ、全国から出稼ぎに来た労働者が土木や建設の工事現場に溢れ、街づくりを支えていた。周辺には安価で泊まれる簡易宿泊所が次々と建てられた。その日雇い労働者の流れが、東京の山谷地区や大阪の釜ヶ崎、横浜の寿町に押し寄せていた。それらと並ぶ「寄せ場」の一つに浜崎市も徐々に変貌していったのである。

その頃の商店街は夕暮れになると、ニッカボッカーズや七分ズボンの作業着に地下足袋姿の男たちの群れが通りに溢れてにぎわった。道の両脇に灯りをともして、一杯飲み屋やモツ煮の匂いが漂う焼き鳥屋などが、路上まで粗末なテーブルや椅子を持ち出して、労働者たちを呼び込んだ。夜が更けると、カップ酒の空き瓶があちこちに転がり、歌を歌いながら、眠り込んでしまう人もいた。座り込んで酒盛りを始め半裸のまま、ところかまわず酔いに任せて寝転ぶ人たちが大声を出し始めるのだった。

「こら、おまえら、労働者をバカにしくさって。俺らが働いたからみんな無事にこうやって生活できるんだぞ。忘れるなよ」

「うるせえな。お前、なにさまだよ。黙ってろ。面白くねえ話をしやがって」

「なんだと。誰に向かって言ってやがる」

「そうだ、そうだ」

「やれ、やれ、もっとやれ」

遊び半分の口ゲンカが凄まじいつかみ合いや殴り合いに変わり、物が倒れ、投げた皿や石が飛び交う。店員たちは恐れをなして奥に引っ込んでいく。騒然とした労働者の疲れ果てた群れがうごめき、怒号が飛ぶ。片や今日の仕事にあぶれた労働者の行き場のない怒りが突如として燃え上がる。明日の仕事にありつけるか、まったく保証がない不安が闇の中でしだいに大きく膨れ上がっていく。ひきつった顔と疲れた顔が交錯する。その頃の光江はただただ、驚いて立ちすくみ震えながらも、彼らの動きに眼を離せずに立ちつくしていた。

真っ赤に酔っぱらって、手を振り上げるその腕が汗と汚れにまみれて、てらてらと裸電球の下で光った。黒く変色した破れたシャツをむき出しにしたまま、光江の店の惣菜を物色しようと千鳥足で歩いてくる労働者を見ると、もう怖くてたまらなかった。憲吉が後ろにいなければとうに逃げ出していた。

「お姉ちゃん、このコロッケ美味しそうだね。もっと安くなんないかよう。安くしろよ」

黒光りした頬を緩ませて、労働者はひょいと手を出してコロッケをつかもうとした。光江は慌てた。商品に手を出されてはたまらないと思ったのだ。

「ああ、一個五十円ですけど、半額でいいですから」

「おっ、半額と来たか。もう一声どうだい」

「じゃ、二十五円か二十円で……」

「いいねえ、じゃ、二十円でもらうよ。いや、十円でいいだろ」

光江は震えながら泣きそうになり、顔を背けた。その隙に労働者はコロッケ二つを素手でつかみあげると、笑いながら光江の眼の前でむしゃむしゃ食べ始めた。光江は息をのんで、眼をつむった。

「うまかったよ。ご馳走さん、またくらあ」

そのとき踵を返そうとした労働者に太い鋭い声が飛んだ。

「お客さん、お代を置いて行ってくださいよ。うちのつれあいが精魂込めて揚げたコロッケだ、二十円が二つで四十円いただくよ」

夫の憲吉だった。光江の後ろで様子をうかがっていたのだ。堂々とした声が辺りに響いた。

「あっ、すまねえ。これじゃあ、ただ食いだもんな。今払うよ。ちょっと待ってくれよう」

労働者はほつれたズボンのポケットに手を突っ込んで懸命に探った。穴が開いていて小銭が落ちてしまったのか、空だったらしく、急におとなしくなりうなだれた。

「ああ、いつの間に。確かにまだ金はあったのに……今晩も野宿だなあ」

恨めしそうに憲吉の顔を見た。急に酔いもさめて情けない顔になった。

「まあ、仕方がないから、四十円分段ボールか、空き缶を運ぶ仕事をしていきなよ。でも今は酔っぱらっているから、無理かな。今度でもいいが」

「すみません、わかりました。肉屋の旦那、また今度きます。このご恩は忘れません」

慌ててお辞儀をすると、逃げるように去っていった。

「ねえ、あの人、今度ほんとに手伝いに来てくれるかしら」

光江は冷ややかな視線を向けた。

「さあなあ」

憲吉はゆったりと笑いながら、店じまいを始めた。


三日後、労働者はバナナの大袋を携えて、謝りに来た。落ち着いた表情で頭を深々と下げた。しらふで顔を見せた労働者は上背もあり、暗い電球の下で見た時よりも意外に若々しく精悍な印象だった。光江はどうして普通に好感の持てる人が野宿者になったのだろうと疑問を持った。

奥にいた憲吉にそのことを言うと、優しく微笑んで言った。

「光江はあの人たちのことを汚いし、臭いし、怖いおじさんたちだと思っているかもしれないね。俺も両親がなくなって店が立ち行かなくなってやめようと思っていたころは、いつかあんな風に仕事をなくして、路頭に迷ったり、日雇いの仕事に毎日追われて、生きる張りを失うのではないかと本気で思っていた」

光江は憲吉の顔を見ながら、息詰まるような話に気圧されて聞き入った。

「俺にとってはあの野宿者たちのことは決して他人事ではないんだ。両親もなくなって店を続けるために会長の村田さんが無利子、無担保でお金を都合してくれた時は、ほんとに助かったよ。そのうえ光江が来てくれて、ますます店も繁盛するようになったし、町内会で知り合いもたくさんできた。光江のおかげだよ。だから、光江もあの人たちを蔑んだりしないでくれ。なりたくてなっているんじゃない。どうしても仕事もなく働きたくても働けずに、それでも毎日何とかして生きていこうとしている人たちなんだ。俺は見て見ぬふりはしたくないんだ」

憲吉はそう言い終えるといきなり奥に引っ込んでしまった。驚いた光江が恐る恐る後を追うと、仏壇に向かって正座したまま、がっちりした背中を光江の方に見せ、震えながら涙ぐんでいた。

それから十年以上たったある夜のことである。駅前には野宿者を支援する生活自立支援センターの前身の小さな福祉支援センターができた。商店会のボランティアグループが村田を中心に活動を始め、夜のパトロールも組織されるようになった。

厚い雲が空をおおい、雪もちらついてきた底冷えのする寒い夜だった。辺りの店が次々と店じまいを始めるなか、光江の店に一人の野宿者が飛び込んできた。

「大泉公園に住んでいる佐藤一平です。雪で店じまいのところが多くて仕事がなくて困っています。荷物運びでもなんでもしますので、お手伝いさせてください。ボランティアで結構です。少しばかりの食べ物をいただければ」

まだ四十そこそこの笑うと愛嬌のある優し気な眼の男だった。サイズの合わないすっぽりと身体を覆うレインコートに身を包んでいたが、裸足の足がサンダルの上で赤紫に腫れて凍えている。

「あ、でも、うちも、もう閉めるところなので結構です。他をあたってください」

一瞬驚いたが、光江はしどろもどろになりながらも、きっぱりと言い放った。目の当たりに見る野宿者はやはり怖くて、一刻も早く立ち去ってほしいという思いがこみあげてきたのである。憲吉は風邪をこじらせて奥で布団に入っていた。憲吉の苦しそうな咳と絞り出すような声がした。

「光江、コロッケか天ぷらがまだ残っていただろう。あれを持って行ってもらいなさい。もうどの店もこの雪では閉めるだろうよ。今度いい天気の日にでも手伝いにきてもらえばいいから」

「でも、そんな、どうしてそこまで」

光江が躊躇している間にも、戸外は降りしきる雪が勢いを増してきた。店を閉めるシャッターの音が大きく響いている。

「いや、急にこんなこと言って、失礼ですよね。いつもお願いしている店が今日は閉まっていたので。無理を言いました」

一平は寂しげにうつむくと、潔く出ていこうとした。

そうだ、急がないと雪が降り積もってしまい、サンダルでは歩けなくなるに違いないと光江は赤く腫れた男の指先を見て、思わず叫んだ。

「いや、待ってください。憲吉さん、あげてしまっていいのね。ほんとうに」

「ああ、光江、頼む。差し上げて」

光江は売れ残っていたコロッケとてんぷらを千切りキャベツと一緒に手早く箱に詰めた。傍らの電気釜から炊き立てのご飯も別の入れ物によそい、ビニールの風呂敷で重ねて結び、一平に手渡した。

「えっ、いいんですか。こんなに」

一平は大きな包みに驚いて立ちつくした。

「いいんですよ。主人もそう言っていますし、多かったら知り合いの方にも差し上げてください。またいつでもどうぞ」

野宿者特有の生ごみのような匂いが光江の鼻を刺した。善意のこもった言葉とは裏腹に光江はそっと眼をそらした。

「ああ、ありがとうございます。あなたはまるで女神のような方だ。ご恩は決して忘れません。必ずご恩返しにボランティアに伺います。なんでも言いつけてください」

押し頂くように風呂敷を抱えると、一平は嬉しそうに去っていった。一平の眼がうるんでいたのを光江は見逃さなかった。

「光江、喜んでいただけたかい。そうかい、よかったよかった。光江はいいことをしたね」

憲吉は熱にうなされながらもまるで自分のことのように喜んでいた。

その後、光江は子どもたちと一緒に夜のパトロールにも参加するようになった。憲吉が寝たきり状態になって動けなくなったため、代わりに参加するようになったのだ。全国的に中、高生によるホームレスを標的にした襲撃事件や悪質な嫌がらせ、おやじ狩りなどの被害が相次いだために、浜崎市でも大人と子どもが一緒にパトロールするようになった。実際にホームレス状態にいる野宿者に声をかけながら、子どもたちの理解を深めるためであった。おにぎりやみそ汁、使い捨てのカイロや毛布、薬などを積んだリヤカーを引いて公園や商店街の路上で野宿する人たちを訪ねて回るのだ。特に寒さの厳しい年末年始は日雇いの仕事もなくなるうえに、仕事先の飯場から戻ってくる人たちで溢れかえり、あぶれた人たちはベンチで震えながら夜を過ごさなければならなくなる。そういう人たちに声をかけて、食べ物や薬などを配った。

その時一緒だった女子中学生はきらきらした眼で反省会で語った。

「わたしも昔、小学生だったころ、おじさんたちを差別していた。道で寝ててうっとうしいとか、酔っぱらって臭いとか、野宿してるのは怠けているからだと思っていた。でもパトロールに参加したり、中学校の授業でホームレスについて勉強したりしているうちに、だんだんわかってきたの。野宿しなければならないのはおじさんたちのせいでもないし悪いのでもない。周りが、そうさせているんだって。周りが悪いんだって。こんなことを許しちゃいけないんだって……」

彼女はこのとき最後まで話し続けられなくなって思わず涙ぐんだ。約二〇名の中学生が同席していたが、多くの人がもらい泣きをしていた。

「がんばって」

隣にいた仲良しの同級生が彼女の肩をたたいた。その中学生も眼を潤ませていた。

光江はこのとき胸の奥から熱く突き上げてくるものがあった。憲吉がもっとも言いたかったのはこのことだったのだと思い当たったからだ。

# 三

「とんでもないね。よくそんな対応ができるものだよ」

「ゆるせない。彼らをなんだと思っているのか」

『陽だまり荘』の管理人室に集まった人たちが異口同音に声を荒げた。光江と友紀、圭治と村田が手際よく準備した八時半のミーティングが始まったのだ。低い机が四つ固めて真ん中に置かれ、九人がその周囲を座布団に座って話し合っていた。机の上には参加者からの差し入れのお菓子やみかんが堆《うずたか》く盛られ、ほうじ茶が香りを立てて銘々の湯呑み茶碗に注がれている。だが、息詰まる論議が続き、誰もお茶や、お菓子に手を伸ばせずにいた。

「あんなに華やかなスカイツリーの影で苦しんでいる人がいるなんて、弱い者いじめもいいとこですよ」

光江は怒りのこもった声で震えながら言った。右隣にいた花屋の榊光子も涙ぐみながら大きく頷いている。二人は商店街の代表として参加していた。

「ひどいことですが、東京の墨田区で今まで路上で寝ていた人たちを、スカイツリーの完成に伴って街を整備するという名目で、夜中に寝ていた人を起こしてまで追い出したんだそうです。結局、隣の台東区に難民のように流れて来ているらしいです。案外、この辺でも新しい顔も見かけるから、そういう事情で浜崎市にも流れてきているかもしれません。なんでも空き缶は私物なんだそうで、行政側のこじつけですが、空き缶拾いをしたり、ゴミ箱から持って行ったりする者を取り締まる条例ができたとかで本当の理由は野宿者を追い出すという方策の一つなんでしょうが」

友紀がさきほどから詳しく説明していたが、しだいに声が湿っぽくなっていた。

感情が極まって絶句した友紀の後を、圭治が引き取って続けた。

「それで、さらに問題なのは、そういう行政の野宿者に対する追いまわしは、夜にフラフラしている中学生や高校生が目撃していて、何の罪悪感も感じないで、自分たちのストレスのはけ口を野宿者に向けていることとなんだよ」

「ああ、中高生によるホームレス襲撃事件だね。あまり報道されなくなったけど、実際は昔から少しも件数は減っていないんだそうだ。行政側の排除が熾烈になればなるほど、若い彼らに悪影響を及ぼしているらしい。彼らだって、家庭や学校で厄介者として扱われている場合が多い。心の闇を抱えて殻に閉じこもっている彼らも心が引き裂かれたままで苦しみ、もがいているのかもしれない。彼らだって社会的弱者には違いないんだ。こんな冷たい政治に未来はないなあ」

圭治と同じ浜友会の笹山勉が言った。

笹山は中学校の英語教師だったが、定年退職後に浜友会に関わり、圭治と一緒に活動してきている。子どもの貧困問題にも詳しいし、警察関係者にも顔が利くので、中高生の非行問題や補導の実情にも明るかった。村田も落胆した様子を隠さずに、ため息をついた。

「俺らのやっていることは、実際、野宿者の力になっているんだろうか。何の力にもなれなくて、ほんとに悲しくなるなあ。こんな弱音を吐いてしまって、みんなには悪いけど時々無性にそう思えるときがある」

「村田さん、俺も野宿者の一人として言うのもなんだが、炊き出しやパトロールを強化して、見かけたら対話していくことが大切かな。俺らにやれることを見過ごさずにやるということが」

高橋銀吉が思わず手を挙げて、遠慮がちではあったが発言した。

「うーん、銀さんの言う通りだね。俺もわかっているんだが、今みたいな話を聞くと、時々しんそこ悲しくなるのさ。弱気になっちゃあ、いけないね。銀さん、すまないね」

村田は恥ずかしそうに銀吉の方を見て頭を掻いた。すると、左隣に座っていた山田恵介が言いにくそうに口を開いた。恵介は銀吉の小屋で四人で共同生活をしている一人である。他に三笠良吉、佐藤一平がいた。

「それと、商店街の人たちは俺らが空き缶や古新聞、古雑誌を集めに行くと、きちんとまとめて店の人たちが取っといてくれて、ほんとに感謝しているけど、そうじゃない地区の人はとても厳しいと聞いている。話に聞くと、大きな公園にも『この公園では煮炊きをしたり、泊まったりすることは禁止します。禁止していることを破ると罰金が科せられます』という脅し文句がでかでかと張られているんだそうだ。情けなくて、悔しくて涙が出るって、そいつは言ってたね。俺はとても他人事だとは思えなかったよ」

　村田がため息まじりに言った。

「ああ、墨田区なんかは、それと同じようなことといっぱいやってるんだろうな。せっかく落ち着いていた彼らのねぐらを追い出して、条例なんか作って、堂々と排除しているんだからな。故郷に帰ることもできずに、くたくたになるまで野宿して年取って病気になってしまった人なんか、どんなにか苦しいだろうに。俺も今年六五歳になって、高齢者の仲間入りさ。そう思うと身に染みてわかる気もするんだよ」

「わたしは、追い回される人の身になって、考えたいと思う。彼らはわたしらが味方になってやらなければならない人たちだから」

　光江は思わず立ち上がって発言した。

そのとき、今まで聞き役に回っていた松崎守が、思い切ったように話し始めた。まだ三二歳になったばかりで、友紀と同じ支援センターで九年間勤務している職員である。ここに集まったなかでは一番若いのである。

「友紀さん、最近の情報で手配師のことだが、宗教や仕事の斡旋や勧誘をするふりをして、きつい日雇いをやらせて、うわまえをはねてしまう者がまだ出没しているらしい。彼らは浜岡組とつながっているケースが多いから、気をつけないといけないと僕は思う。パトロールの時にそんなことを野宿者の方がもらしてくれるといいんだが、結構きつく口止めされたり、脅されている場合があるから、僕らが察してあげないとと思っている」

「ああ、松崎さん、ほんとうだね。だまして金を巻き上げているわけだからな」

圭治の表情が一瞬厳しく歪んだ。

そのとき黙って聞いていた光江が立ち上がって、全体に声をかけた。

「みなさん、ところで、お茶が冷めてしまいます。少し休憩しましょうよ。一五分でどうでしょう?　いま熱いのを入れ直しますから」

「光江さん、いつもすまないねえ」

村田がすぐに応じた。光江の機転で、急に緊迫していた雰囲気がほぐれ、柔らかく和んでいった。

「ああ、そうだね」

圭治もふっと周りを見回して言った。

友紀もほっとしたように立ち上がった。

話し合いはいつもなら、これで終盤にさしかかっている。すでに一〇時に近づいていた。店は一〇時か一一時開店である。これ以上引き延ばすわけにはいかないという雰囲気が辺りを包んだ。

四

熱いお茶を飲み干すと、痩せこけた柴犬の後ろ姿が光江の脳裏に浮かんだ。これで、終わりにするわけにはいかないと光江は思った。今日の話し合いは月に一度の大切なミーティングである。これだけは胸にしまって帰るわけにはいかないという思いが光江はますます膨らんできていた。

「じゃ、時間も時間ですから、今日はこの辺で。また三時ごろに炊き出しの手伝いの方々が見えますから、参加できる方はお願いします」

友紀が荷物をまとめて立ち上がろうとしたそのとき、光江の切羽詰まった声が響いた。

「すみません。みなさんにどうしても、聞いてほしいことが残っているんです」

「えっ、今度ではいけませんか」

友紀が怪訝な顔を光江に向ける。村田も不思議そうに言った。

「さっきから、光江さん、なんかそわそわしている。気になるなら言ってしまったら」

「そういえば、いつもの光江さんらしくないけど。何かあったのかな」

松崎も心配そうに顔を向けた。

「言いにくいことだけれど」

光江はあまり大きくない瞳から、今にも涙が落ちてきそうな声で言った。顔は引きつり、何かを吐き出してしまおうと身構えている姿に、一同は何事かと静まって顔を向けている。

「こ、これからまだ寒さも厳しくなることだし、毎年この時期になるといつも胸が苦しくなるんです。六年前、野宿者の水野さんの小屋が中学生に襲撃されて亡くなったとき、追悼集会があって、無縁仏に埋葬されるというので、せめて骨を拾うところまで見届けてあげようと火葬場に行ったことがありましたね。花屋の光子さんも知っていると思うけど、ああ、うまく言えないけど」

光江は一息ついてため息をつくと、隣に座っていた光子をいちべつした。

光子もうつむいて、うなずきながら涙ぐんでいる。

「あのとき、いらっしゃった光子さん、友紀さん、松崎さんはわかると思いますが、水野さんの名前が火葬場の名簿になかったんです。驚いて友紀さんが問い合わせに行ってくれたんですけど、斎場の連絡はあの日事前に届いていましたが、わたしたち斎場を間違えたのかと思いました。でもないので、探して、探して、やっと見つけたら、なんと隣接しているペットの斎場の倉庫のなかに放り込まれていたんです。悔しくて、悔しくて、なんということかとわたしたちは泣けてきました。お金がないとか、ホームがないとかいうだけで命を奪われたばかりではなく、死んでからもこんな仕打ちを受けるなんて、ひどすぎます。わたしはあまりのショックで気分が悪くなってしまいました。一人の人間の命をこんなにおとしめていいのでしょうか」

友紀は暗い表情で光江に話しかけた。

「光江さんは特に水野さんによくてんぷらやとんかつを夜届けに行っていたし、水野さんも礼儀ただしい人だったから、赤の他人とは思えなかったのよね」

「ええ、水野さん、ほんとによくボランティアで手伝ってくれたんです。重い荷物運びも嫌な顔しないで。でも遠慮して、お礼も受け取らないでいた。あんな無残な死に方をするなんて、どんなに無念だったか」

　光江は涙を拭いて言った。

「こんな思いを二度としたくないと思って。野宿者だからと言って、これでは寂しすぎる。最後はここでともに生きた仲間と一緒にとむらってあげたい。どうしてもそう思えて、どうしても」

　光江はそこまで言うとまた耐えられなくなって、こみあげる涙を拭いた。

「光江さん、わたしのなかでもそのことは触れないようにと触れないようにとしてきたのですが、わたしもそれは引っかかっていました。誰それが亡くなったと聞くたびに、苦い思いが胸にこみあげてくる……何とかできないのかという思いがこみあげてくるんです」

　光子は嗚咽をこらえている光江を痛ましそうに見て言った。

　友紀も大きなため息をつきながら、語り始めた。

「ああ、わたしもずうっと思っていました。無縁仏でも永代供養できるお墓があったらって。今だと、斎場もそんな風だから、普通の方の遺体が焼かれる隙間をぬって、順番待ちみたいに処理されていくだけで、無造作に他の人の骨と一緒に積まれていくだけ。わたしたちが彼らを支援しているのは可哀想だとかじゃなくて、同じ人間として支援できることをしながら、ご自分の生を全うしてもらいたいからだし、本当は憲法にも、最低限度の生活をする権利が、人である以上あるわけだから、それを行政に働きかけながらも、今の困窮している人たちを救いたいという思いに突き動かされてやっているのだと思っている。それなのに死んでからのことを放っておいては絶対よくないと思うんです」

「俺もそのことはいずれ手をつけようとは思っているがお寺の問題や、資金の問題もある。だが、野宿者の方々の意見も聞かないとな、銀さん、どう思っている。突然ふって悪いが」

　村田がおもむろに立ち上がると、銀吉の方を見て尋ねた。

「ああ、それは自分のことを考えても、いつ死ぬかわからないし、野垂れ死には違いないと思うが、多くの仲間はどうせ俺らは死んでも誰もお参りに来るわけじゃなし、墓に入るだけの金もない。飢えと寒さで凍死する仲間もいる。こんな風になったのは自分のせいだ、自分が不甲斐無いからだと責める人がほとんどだから、生きているうちは支援を受けて感謝するだろうが、死んでからはどうだろう。光江さんたちの気持ちは尊いと思うが、仕方がないし、ほっといてくれというやつが多いんじゃないかな」

「そうだろうなあ」

　それまで黙っていた圭治が思い切ったように発言した。

「どうだろう、光江さん、この問題はまだ話し合いが必要だと思うから、各自考えておくということで、俺も東京で野宿者たちの合同墓地をつくろうと取り組んでいるお寺があると聞いているから、一度調べてみたい。銀さんはほっといてくれという人もいると言っているが、そのまま理解していいとはやはり、どうしても思えないよ。浜崎市でも宗派に関係なく、参加してくれる寺院はないだろうか。きっとあると信じて、俺もこれから探してみたいから、息長く考えていこうよ」

光江は無言で一同に「お願いします」という思いを込めて、深々と頭を下げた。

# 五

二月に入り、光江は店を珍しく臨時休業にして、友紀と一緒に浜崎駅に向かっていた。朝方ひどく冷え込んだ日は、逆に日中は温かい太陽の光が降りそそぐ。思いがけないほど良い天気に恵まれるのである。今日も次第に暖かい陽が勢いを増している。

「光江さん、永代供養のお墓の件はどう、進展あった」

友紀は光江の顔を見ると率直に切り出した。

「それが、やっぱり、なかなか、うまくいかなくて、あきらめた方がいいんでしょうか。最初から無理だったのかなと思ったりして」

改札口を抜けて、ホームに立ったとき、光江が友紀の方を眺めながらため息をついた。

「そうね、普通の寺院は永代供養はしてくれるけど、一体二〇〇万とか、お布施の金額が先にあるものね。光江さんも結構、近辺の寺を当たってみたんでしょ」

「憲吉さんのお墓のある浄正寺が一番金額的には安かったし、良心的とは思ったけれど、考えていたのとは違って、一体か二体が入るものしか用意できないということだったの」

通勤、通学の時間帯はもう終わっていたが、買い物客や外出する人たちでかなり駅は混雑していた。光江はさらに続けた。

「他の近くのお寺も、ほとんど行ってみたわ。野宿者のことも彼らは自己責任でそうなったんだからと言いたげに応答するの。なんでそこまでやるんですかって、逆に質問されてしまった。あと少し回り切れない寺院が残っているけど、後は小さいところばかりで、檀家も少ないだろうし、墓地も隙間なく区画されている感じで、行くのを止めていたんです」

「そうだったの、光江さん、これから行く台東区のお寺はちょうど東京の山谷地区の中にあって、普段から炊き出しやイベントにも協力してくれているお坊さんがいて、浅草周辺で社会慈業委員会を立ち上げて支援活動をされているんですって。まずはその方の話を聞いてみましょうよ。きっと何かいい方法があるはずよ。わたしも直接うかがうのは初めてなのよ。ちょっとドキドキするわね」

「そういう立派なお坊さんがいらっしゃるなら、いいんですけど、浜崎市は聞かないしね」

渋谷行の電車に乗ると、光江は気落ちしたまま友紀と並んで腰を掛けた。渋谷で銀座線に乗り換えれば浅草は終点である。

「友紀さん、このごろね、結局何もできないんだなあと痛感することばかり。昨日のパトロールで血を吐いていたお年寄りの野宿者を救急車で病院まで運ぼうとしたのに、『絶対行かない』って言い張って、わたし涙が出ちゃったな。話を聞かせてもらうことしか、本当にわたしたちはできないんだって思えて」

「ああ、昨日のあの方でしょ。光江さん、そういう人を無理やり救急車に乗せても『病気じゃないから』と言われて、すぐに戻されてしまうのよ。でも、こちらとしては救急車に何とかして乗せてあげたいと思うしね。まして血を吐いていたら、ほっとけないし、命にかかわる緊急事態だと思ってしまうでしょ。前にそうやって入院して、退院してきた時にその人が長い間かかって大切に持っていたものが全部捨てられて、小屋もかたづけられていたことがあったそうよ。だから、みんな嫌がるんだって聞いたことがあるわ。

折角見つけた居場所を奪われたくないと思うのね。あの方は支援されることは嫌がる方なのね。プライドの高い方もいるから難しいけれど」

「みんな、なりたくて野宿者になったわけではないのに人権も何も無いですね」

「わたしは一緒にいた人たちは野宿者でも仲間だとわたしは思ってる。だから、亡くなったら、きちんと仲間と一緒にお墓に入れてあげたい。一人では寂しすぎるし、無念の死だからこそ大切にしてあげたいと思うな」

友紀は思わず胸が苦しくなったようで、語尾を強く言い切った。

「そうですよね、友紀さん、わたしも同感です。そういうことはなかなか他の人には、わかってもらえないんでしょうか」

「でも光江さん、わたしたちがそう思ってやってあげなかったら、この世の中もっともっと、暗くなるんじゃない。結局そう言って立ち消えになって何も変わらないんだと思う。この社会では、今までのままでいいってことは、結局何もしないということよね」

「ああ、友紀さん、本当にそうですよね」

今まで顔を合わせてきた寺の住職たちの顔を次々と思い浮かべると胸苦しくなって、光江は思わず亡き夫の顔を思い浮かべた。友紀には言えなかったが、絶望的な気持ちが光江のなかで広がっている。

光江は電車に揺られながら座席の下のヒーターが暖かくて、少し眠気が襲ってきたことを感じた。友紀はそれを察して、黙ったままバッグから文庫本を取り出して読み始めた。

光江は憲吉がまだ元気だったころ、端午の節句に柏餅を二人で六〇個ほど作って野宿者に配った日のことを思い出していた。

光江の田舎から送ってもらった柏の葉は乾燥しているが一度水につけて戻すと香りが立った。上新粉をお湯で溶いて、大きな塊にすると蒸し器にいれた。蒸し上がると憲吉がよくこねて柔らかくした後、手のひらで団子状に丸めて伸ばし、真ん中に小豆餡を入れて柏の葉で包むのだ。光江は手先が器用な方ではないが、憲吉は手際よく作った。二時間でやっとでき、大きな蒸籠でもう一度蒸した。

光江は力を入れて作ったので、腕が痛くなったが、子どものころに家族で過ごしたように憲吉と向かい合って作る時間はとても楽しかった。店で作られたものは利潤を上げようとするために、餅が薄く小さめである。だが、憲吉が毎年つくるものは厚みがあり、一つ食べただけでも食べごたえのあるものであった。まず出来立てのものを二人で味見し、そのまま早めの昼食にした。

「子どものころを思い出すなあ。家族みんなで争って食べたよ。誰が一番たくさん食べられるかなんてね。兄弟はいなかったが、従妹や叔父さんたちがいて、にぎやかだったよ」

憲吉は眼を輝かせて光江に語った。光江は家で作って食べたことはなかったので、驚いて聞き入った。

「あ、これ、光江の作った柏餅だあ」

形はいびつで、あんこははみ出ていたが、憲吉は美味しそうに食べて見せた。

「ごめんなさい。わたしあまり慣れてなくて」

光江は憲吉の作ったものとの落差に恥じて、うつむいた。

「いいんだよ。売り物じゃないんだから。光江、責めるつもりじゃないんだ。それに案外こういう方が、美味いんだよ。見かけより中身だよ。光江の作ったのは、とっても美味しいさ。みんなに配ってあげたら、きっと喜んでもらえるよ。懐かしい故郷の味がするさ」

大きな布袋に詰めて、憲吉と一緒に光江は近くの公園や簡易宿泊所を回り、野宿者たちに一人ひとり手渡しして歩いた。

「うわあ、美味しそうだ。まだほかほかだね」

「端午の節句かあ、昔を思い出すなあ」

彼らは口々に礼を言いながら、眼を細めて美味しそうに頬張った。そんな彼らを目の当たりにして憲吉は眼を潤ませていた。

そのときの憲吉の弾んだ声が耳の奥から聞こえてくるような気がして、光江はふと涙ぐんだ。

憲吉がまだ生きているうちに合葬の墓の取り組みをしていたら、どんなに喜んだだろうと光江は思い、胸がいっぱいになった。

## 六

電車が浅草に着いた後、しばらく歩いて、なみだ橋と呼ばれる道路を通って行った。

「友紀さん、あそこ」

光江は小さい道路わきの、遊具のある公園を見て指差した。青色に塗られた滑り台の下に厚着をしたまま眠り込んでいる野宿者の姿があった。足元にはたくさんの物が詰め込まれた古いキャリーバッグが……。後ろには漫画本や古い週刊誌の詰まった大きい透明のビニール袋がある。これから古本屋に売りに行くのであろうと光江は思った。

「ああ、眠っているのね」

黒い毛糸の帽子から白髪交じりの髪がはみ出している。その上に、暖かな陽があたり、柔らかな光の帯ができている。

「今日はまだ冷え込んでいないし、暖かだから大丈夫ね。陽が高いうちはそっとしてあげて、帰りに声をかけましょうか」

友紀はじっと野宿者を見つめて言った。

目指していた天照寺は街中の寺というたたずまいで、こじんまりとした建物であった。そろそろ炊き出しの準備に入るらしく、多くの人が寺に集まっている。外の水道で大鍋に米を入れてせわしくといでいる女性の姿も見受けられた。大量の物資を段ボール箱につめ、自転車で運んでくる人も次々と寺に到着している。

光江はこんな忙しい時に来て、いったい話を聞いてもらえるのか不安になった。すると天照寺の副住職の水原賢涼が庭先に現れた。友紀が訪問の意図を手短に話すと、満面の笑みで迎えてくれた。まだ三〇代で若々しく、澄んだ眼のきりりとした風貌で、茶色の僧衣を着て活動的に立ち働いている最中であった。庭のベンチに腰を下ろすように指示をして、水原は言った。

「今日はあいにく炊き出しとパトロールの日なのでこんなバタバタしているところをお見せしてすみません。毎月隔週の月曜日におにぎり二〇〇個ほどみんなで握り、薬や水、毛布などの日用品を届けるのですが、何かお聞きになりたいことがありますか」

光江がすぐに質問した。

「こんな時に伺ってすみません。あの、ぶしつけですが、わたしたちも浜崎市で炊き出しやパトロールをしていますが、そういう活動をしていて、つらくなることはありませんか」

「ああ、ありますね。いつも、何もできないんだなあと思うとつらいですし、自分の無力さを痛感しますね。ただ、そこにいて話を聴かせてもらうことしかできない。わたしたちはその日の炊き立ての温かい大きなおにぎりを持っていくので喜んではもらえるのですが、ただただ、話を聴かせてもらうことしかできないんですね」

光江は身につまされる思いでうつむきながら、聞き入った。

「実際には野宿者の方が、つらい状況に陥ってしまったときに、本人が望む方向に変えてあげたいと思うんです。でもそういう時にきっかけがあるか、信じられる人がいるかということは重要だと思います。つらいとき、傷ついたとき、人は自分を守ろうとして心にいっぱい棘を生やすんですよ。誰も近づいて欲しくないという気持ちになることもあるでしょうし」

友紀も気圧されたように動かなかった。

「ときおりその棘を自分で抜かなければならないと思うこともありますね。でも、すぐにその棘を抜くことはできないんです。そんなときに、ありのままの自分のすべてを受け入れてもらえたら、気持ちが溶けてくるのではないでしょうか。凍りつく経験を重ねてきた人であればなおさらです。そういうきっかけをつくってあげられたらと思うのですが。なかなかそうはいかないです」

　水原は穏やかな顔で光江たちを見つめた。

「わたしも実は棘を生やしている一人です。心がすさんで、『こんなこと何になるんだろう』『何であんなこと言ったんだろう』と思うことにしばしば遭遇するんですよ。でもわたしの場合は棘を抜いてくれるのは阿弥陀様ですから。阿弥陀様はただただ聞いてくださるんですよ。わたしは如来様と縁のある身で、本当によかったと思いますが」

　友紀が深く頷きながら顔をあげている。

　二人が真剣に聞き入っている様子を満足そうに眺めながら、水原は続けた。

「わたしは六年前からずっと活動をしていますが、わたしは学生の頃から、浅草や上野で路上で寝ている人を見かけるたびに、何かできないかなとずっと考えていました。でも何もできないんですよね。誰かを救うなどということは、ほとんどないですね。だから、話を聞かせてもらうことしかできないんだと思っています」

「六年ですか」

光江はふっとつぶやいた。

「でも、傘でつつかれたり、襲撃の的になったりするおじさんたちにとっては、いきなり声をかけてくる人は怖いんですね。そのときおにぎりや日用品や薬を持って行って渡したら、『この人は自分に危害を加える人じゃない』と安心すると思うんです。そうして彼らがわたしたちに力を貸してほしいと思ったときに、支援してくれる団体につなぐことができたらといつも願っているんです」

水原は静かに語り終えた。

その後、隣接する墓地にある野宿者や身寄りのない方の共同墓地のところまで水原は二人を案内してくれた。

「これが『絆の墓』です。中は一六体ほど納めることができます。またNPO法人が寄付を募って作った墓が『街友会』と刻まれてある墓です。これも三〇体納めることができます。今はこれではまだ少ないと思い、墓地内に大きな塔を建てています。この中には二〇〇体以上納めることは可能です。わたしもこの中に入ります」

仏舎利塔というのだろうか、真新しい塔が建設中になっている。

「墓なんていらない。誰もお参りになんて来てくれないんだからとよく野宿者の方は言いますけれど、ある人は『もしお墓があって、みんながそこに入るとわかっていたら、わたしはもっと幸せに生きていける、もっと一所懸命生きていける』とおっしゃったんですね。わたしは坊主ですから、やはり葬儀や埋葬は人の最期を大切に務めるという点で大事なことだと思っています。特になりたくてなっているのではない野宿者の方々の悲しい無念を思うと、いても立ってもいられないんですね」

まだまだ話はつきないという風だったが、寺の方からしきりに水原を呼ぶ声がしている。

水原はしばらく二つの墓に合掌すると、おもむろに立ち上がって言った。

「すみません、炊き出しのボランティアのみなさんが集まったようです。もっとお聞きになりたいようでしたら、また改めていらしてください。本日はきてくださってありがとうございました」

「こちらこそありがとうございました。せっかくですから、このお墓にこれからお参りさせてください」

光江は友紀と顔を見合わせ、感謝の気持ちでいっぱいになって言った。

「ああ、ぜひ そうしてください。仏様もきっと喜びます」

水原は立ち去るときに何か思い出したように僧衣のポケットを探り、一枚の写真を取り出すと二人に見せて渡した。

「あっ、そうだ、この写真差し上げます。ええ薊の花です。薊の花は、私の大好きな花なんです。棘のいっぱいある葉や自分の身体に気づかずに、花は美しい赤紫でまっすぐに上を向いて咲いています。それを見ると他人事とは思えないんです。薊の棘に気づいてあげられる人にならなければといつも思います」


墓地からの帰りに玄関を通ると、ご飯の炊ける美味しそうな香りが漂ってきた。

「ああ、緊張した。光江さんがパトロールのことを聞いたとき、わたし本当はひやっとしたの。つらくなんかないですよと叱られそうで」

友紀が歩きながら、囁くように言った。

「ああ、わたしも緊張しました。あんなこと言ってしまって、まずかったかもと心配しました」

「でも水原さんは、きちんとご自分の弱さもさらけ出しておっしゃった。こんなわたしたちのように、突然訪問した者にも向き合ってくださったのね。光江さんの質問の真意を受け止めてくださったんだと思うの」

「ええ、本当に、若いのに素敵な方でした。思い切って来てよかったです」

「ああ、ほんとに眼の覚めるような話でした。わたしたちも野宿者の方々の棘に気づいてあげなければならないのね」

しばらく行くと公園に眠っていた野宿者の姿はなかった。水原たちのおにぎりをもらえる場所に行ったのかと光江はふと案じた。

友紀が続けて口を開いた。

「圭治さんが以前に、東北の被災地に行ってボランティアをした時に言っていたことがあるの。助けてあげますって雰囲気まんまんの人がいるけれど、被災地の人は内心ではとても嫌がるんだそうよ」

「ああ、上から目線みたいな」

「わたしの苦しみを、あなたの喜びにしないでくださいって」

「ああ、わかります。つい喜んでもらえると期待してしまう時もありますからねえ」

「自分たちではとうてい気づかないことを、今日は水原さんにさりげなく教えていただいたような気がするの、光江さん」

「何のためにやっているのかということですよね」

何もできないけれど寄り添いたい。水原はそう言っていたのだと光江は思った。

できることを見つけて続けるという当たり前のことをぬくもりのある柔らかなマント

に包んで、後ろから肩にふわっとかけてもらったような気がして光江は後ろを振り向いた。

「さ、光江さん、帰りましょ」

後ろから友紀の声が明るく響いた。

立ち去りがたい思いを断ち切るように、光江は浅草駅へと歩きはじめた。

## 七

三日後、光江は天照寺の水原から、立正大学の仏教福祉支援グループの仲間が浜崎市内の満法寺にいると紹介してもらった。

その一週間後、光江と友紀、圭治と笹山、村田が満法寺に行って、穏やかな恰幅のいい住職の三橋相良と息子の三橋啓山に話を聞いた。啓山は涼しげな瞳の、まだ頭の剃り跡が青々とした立正大学の大学院生だ。

満法寺は大泉公園から少し歩いたところにあり、小高い丘の上に木々が茂っている山のなかにあるこじんまりとした寺である。檀家の数も少なく、山を切り開いてつくった畑の中の一角にある墓地もそう広くはない。雑草はある程度抜いてあり、春には周りを囲む沈丁花、梅、桃の木が美しく花をつけていた。以前、光江が傍を通り過ぎたときに、僧侶が畑を耕している姿を見かけたことがある。鍬を動かす手を休め、腰を伸ばすと通りすがりの光江にも丁寧に会釈してくれた。昔ながらの寺というたたずまいで、光江はとても好感を持った記憶があった。

だが、大きな境内で区画整理された墓をたくさん持っている寺ではないので、光江は野宿者のための合葬の墓を建てたいという話を切り出すのが難しいと思っていた。それまでに一二箇所の寺を訪問し、お願いしたのだが、どこも永代供養料は二百万から四百万が相場だと言っていた。ところが満法寺の住職は気軽に話を受け入れてくれた。水原から話が通っていたようで、協力させていただきますという返事をすぐにもらえたのだ。

「啓山はまだ二〇代で駆け出しの身です。皆さんのようなボランティア活動をしながら、もっと人間について、学んでほしいと思っているんです。夜回りや炊き出しもたまにしか参加していないので、今度はぜひ誘ってやってください。昔はお念仏をしても、法外な金はもらわなかったものですが、今は平然と何十万ものお布施を請求する寺が増えてますよね。うちはこの地域で一生のお付き合いをさせていただいているのですから、こちらからは請求しないんです。仏様の教えはお金では換えられないものです。そちらの活動で集まっただけの額で、精魂込めて永代供養させていただきます」

光江たちは驚いて顔を見合わせた。満法寺はよい縁に恵まれず、ホームレス状態になって、やっと日々生きている野宿者たちに門戸を大きく開いてくれるというのだ。

光江は我知らず胸が熱くなった。

「どうでしょうか。何十年も使ってない墓石もありますから、それで一〇体ぐらいは入りますので、それを使っていただいて、これからも作りたいのでしたら、またいつでも相談に応じます。うちは檀家は少ないのですが、土地は有り余るほどありますから」

光江は不覚にも涙をこぼした。友紀と圭治、村田と笹山が思わず膝を乗り出し、具体的な話に詰めていこうと話し始めたとき、光江は眼をつむって涙を拭い、嗚咽をこらえた。

## 八

四月に入り、商店街のあちこちに募金箱が設置された。詳しい内容は村田を通じて商店会と町内会の広報と回覧板で各家庭に知らされた。圭治と笹山は浜友会や他のボランティアグループに声をかけて、駅頭で募金活動を行った。女性グループの人たちやパトロールに参加している中高生たちも参加した。彼らはおじさんたちを応援したいという気持ちで精力的に取り組んだ。光江も中高生たちと一緒に募金活動に参加した。初日は無視していく人が多かったが、日がたつにつれて、立ち止まり募金をしてくれる人が増えてきた。

村田が提案した大口の三千円以上の募金も集まってきた。村田に義理を感じている人たちは、一万円以上の寄付も進んでしてくれた。この活動は順調にすそ野を広げてきたように見えたが、あまり無理をして派手にやるとかえって、野宿者からも町内会や商店街の方からも反発を食らうのではないかと様子を耳にするたび、光江はひそかに案じていた。

六月に入ったある夜、惣菜や肉類がほぼ売れて、さて店じまいをしようと光江が立ち上がったとき、見覚えのある野宿者の姿が眼に映った。髪は真っ白で動きも鈍く、病気持ちらしい年老いた男だ。誰だったか思い出そうとしているうちに光江の方に近づいてきた。

――あっ、あの人は。

以前光江たちの支援を喜ばず、具合が悪くなり血タンをはいたところを光江が見つけて、救急車を呼ぼうとしたら、『絶対行かない』と梃子でも動かなかった野宿者である。凍えるような寒い夜に、仲間が焚火の周りに集まって炊き出しの温かいみそ汁を食べていたときも、どんなに誘っても『俺はいらない』と言ってそっぽを向いていた。

そばにいた野宿者の一人が光江に耳打ちした。

「あいつはカッコつけてるのさ、仲間づきあいは嫌がるし、一人でなんでもやれると思っているんだろう。この辺じゃ変わり者さ」

友紀と相談してあまり刺激をしないように気遣っていたのだが、今夜はいったい何の用だろうと光江は不安になり胸がとどろいた。

「肉屋の森本さんとはあんたか」

ハッとして光江は外に出て頭を下げた。

「あんたらがやっている何とかの墓だけど、俺らの間では評判が悪いよ。やめた方がいいんじゃないか。人助けのつもりだろうが、あんたらのパトロールでいつも世話になってる連中が勝手なことを言ってると俺はむかつくんだよ。あんたらは何が不満なんだ。俺らから見ると十分いい生活を送っているんじゃないか。これ以上、気を病むことはないよ」

　そう言うなり、光江の眼の前で、男は不意に力つきたように倒れた。ふと見ると顔面蒼白で、唇に血の塊がすでに乾いてこびりついている。ここに来るまでに転んだのか、顔や頭、手、腕にもおびただしい泥がついていた。

　光江が駆け寄って歩道の上に身体を持ち上げて仰向けに寝かせた。濡れたタオルで血や泥を拭こうと、あわてて店に戻ろうとすると、急に光江の手を握ってささやいた。

「あんたに頼みがある。俺は昔、銀さんに命を救ってもらったことがある。何日も仕事がなくて食べる物もなく死にそうだったときに、銀さんが三千円くれて、自分の仕事をそっと回してくれた。死ぬ前に一度でいい、恩返しをしたいと思っていた。悪いが、これ、募金の足しに少ないけど頼む。ずっとしまっておいた金だ」

　破れたズボンのポケットから五百円玉を一つ、必死に取り出して光江の掌に移した。泥と血で汚れた顔のなかで潤んだ眼が、光江がお金を受け取ったとき、微かに澄んだ光を放ち、流れるものが一筋頬を伝った。

「ああ、ありがとう。銀吉さんたち、とっても喜ぶわ。今、支援センターの友紀さんを呼びますね」

　光江は携帯をポケットから取り出した。

「いや、大丈夫だよ。悪いがこのままそっとしばらく休ませておくれ。久しぶりに気持ちが高ぶってしまって、歩き疲れたから。それだけだから。普段運動してないもんだから、罰が当たったらしい」

「救急車は嫌なんですよね。前のパトロールでも、そうおっしゃっていましたから」

「ああ、身体がきついのに、救急隊員にどつかれたり、医者にバカにされたりするのが目に見えてるんだから、野宿の方がましだ」

男はそう言うと、泥や血にまみれた震える手で顔を覆い嗚咽をもらした。

光江は胸をつかれた。はかり知れないこの男の歴史があり、思いがあり、他の人には決して入り込めない孤独の闇があるのだと思い知らされた。以前水原が語ってくれた薊の棘を否応もなく思い出した。今も棘を体いっぱいはやしているこの男に、何もできない自分が不甲斐なく悲しかった。胸をつきあげる寂しさが光江の胸を締めつけてくる。

友紀と村田に連絡を取り、とりあえずは『陽だまり荘』の緊急避難部屋に男を寝かせてもらうことにした。

光江は村田に事情を話した。

「まあ、そういうことなら、俺のかかりつけの医者に来てもらえるよう頼んでみるよ」

村田が救急車を呼ばずに対処しようと約束した。知らせに驚いて、銀吉も駆けつけたが、男のことは覚えがないと言った。

「俺もそれに似たことは何度かした覚えがあるし、ほかの人からしてもらったこともあって、どの時の人かはわからないけれど、募金をしてくれてよかったよ。三日間、恵介や一平と野宿者たちに説明に回ったが、なかなか本気にしてくれなくてくさっていたんだよ。でもよかった。そんな身体で光江さんのところに来るなんてほんと嬉しいよ。やる気が出たから、明日から俺らも回って話してみるよ」

銀吉は眼を輝かせて帰っていった。圭治たちの駅頭宣伝が効果があがって進んでいたことに、肩身の狭い思いをしていたのだろうと光江は胸のつぶれる思いであった。

帰り道、友紀が光江に相談を持ちかけた。

「光江さん、募金の集まり具合はもう目標を超えているけれど、わたしは金額より銀吉さんたちの意気が上がらないのが気になっていたの。一度また集まって善後策を話し合いましょう。この取り組みを立ち消えにしてしまったら、わたしたちのこれからの支援活動だって、暗い影を落とすと思うの」

「ええ、わたしもそう思います。あんなに嫌な顔をしていた人さえ自分の最後を真剣に考えて届けてくれたんです。やっぱり誰も見捨てたくないですから。きちんと野宿者に趣旨を伝えましょう。わたしたちが真剣に訴えれば、きっとわかってもらえると思うんです」

そう言いながらも光江は嬉しかった。友紀が自分と同じことを考え、悩みあぐねて前へ進もうと考えてくれていたのだ。

「ところで村田さんとも相談したんだけど、この取り組みで、まだ正式に話し合っていなかったけど、縁の墓作成委員会の委員長に光江さん、なってくれる」

不意に友紀は真顔で光江の顔を覗き込んで言った。

「えっ、なんでわたしが。もっと適任の人が沢山いらっしゃるではないですか」

光江は突然言われて狼狽した。

「無理ですよ。委員長なんて、できるわけが。第一、わたしなんか、みなさんのあとをついていくだけなのに、きちんとした考えもないし、責任が重すぎますよ」

「でもね、発起人は光江さんなのよ。それにわたしはメンバーを見るとあなたが一番適任だと思う。このことでは一番思いが強いわけでしょ。たとえば、わたしや村田さんがやると押しつけという雰囲気がどうしても濃くなるし、うちのはＮＰＯ法人という組織がやっていると思われてしまう。でも今回の取り組みは銀さんたちの本音の思いを実現することが一番だと思っているの。それにはあなたがなって、野宿者たちの思いを代弁して伝え、多くの人の先頭に立って広げていくという流れが必要なのよ」

友紀の考えは決まっていた。

「そうでしょうか。それは何となくわかるような気がしますけど」

「やり方はミーティングでじっくり詰めていけばきっとできると思うの。だって、墓を建てるということはその人たちの人生を大切にすることでしょ。わたしは少なくともそう思っているから」

「それは、わたしも」

「そういうことを、今回の墓の設立で野宿者たちに広げていきたいの。それにはあなたが先頭に立ってほしいのよ。もともと正式に決めてなかっただけでポスターにもあなたの名前が最初に書いてあるでしょ。とっくに委員長になっていたのよ」

友紀はまだ迷っている光江の肩を、ポンとたたいて言った。

「後押ししてくれる人はたくさんいるわよ。光江さん、勇気出して。あんなに遠いところで暮らしていた人が泥だらけになりながら、あなたの店に来てくれたのよ。その気持ちに応えてあげてね……じゃ、ゆっくり休んでね。おやすみなさい」

光江の店の前で別れるとき、友紀はこの上もなく優し気な眼差しを向けて手を振った。

「友紀さんもお疲れ様。おやすみなさい」

光江も微笑んで頭を下げた。

# 九

友紀の考案で銀吉と光江、一平と友紀、圭介と村田が組をつくって野宿者のエリアを決め、墓設立の趣旨を伝えるために回ることになった。募金は強制せず、自主的にしたいという声が上がったときにすすめるという申し合わせをした。この取り組みで頑なな野宿者も、話を聞こうと態度を変えるきっかけになった。また『陽だまり荘』で治療を受けていた男も快方に向かっていると村田から光江は聞いて、胸をなでおろした。

三週間後その成果が上がり、二百人程度いると言われていた野宿者のうち百人が賛同し、小銭の募金も約二万円集まった。

秋晴れの日、満法寺の住職、三橋相良と息子の啓山が墓地に向かった。光江たち実行委員のメンバーに町内会の人たち、商店街の有志らが黒い服に身を包み、三々五々、寺の墓地に集まった。

青々と広がった空に読経が静かに漂い、縁の墓設立記念が、友紀の司会で厳粛に執り行われた。

始めから終わりまでずっと眼を潤ませていたのは光江である。指名されるとおもむろに立ち上がった。

「みなさん、縁の墓がとうとう出来上がりました。満法寺のご住職の方のご尽力で、とても立派な墓ができました。こんなに嬉しいことはありません。仕事も奪われ、食事も住まいも与えられずに野宿するしかなかった人たちのことを思い、わたしたちは今日まで支援を進めてきました。残念ですがこの取り組みを待たずに亡くなった方々もおられました。その方々には心からご冥福をお祈りします。後日その方々の埋葬はできる限りの形で執り行わせていただきます。

わたしたちは、墓を建てるということはその人たちの人生を大切に守り続けることだと考えています。このようにわたしたちの思いを形にできたことは何よりの喜びです。今日までに、この取り組みに賛同してくださった方々は、なんと二百人以上に及びます。実行委員を代表して謹んでお礼を申し上げます。みなさん、ほんとうにありがとうございました」

しどろもどろになりながらも深々と頭を下げ、光江は実行委員長としての祝辞を終えた。

割れるような拍手と笑顔が光江を包んだ。縁の墓と刻まれた墓の後ろには、集めた募金で建てた真新しい墓誌が立っている。

野宿者たちが浜崎市で生きてきた証を刻む碑とも言えた。


翌日、光江は時季外れの柏餅をつくることを思い立った。憲吉を看取ってから、一〇年以上もやめていたが、久しぶりに自分でつくろうと決心したのだ。柏の葉は時季外れで手に入らないかと案じたが、馴染みの和菓子屋に頼み込んで五十枚ほど譲ってもらった。


思いきって店は臨時休業にした。

相変わらず、餡もはみ出て膨らんだ、いびつな柏餅ではあったが、なんとか出来上がった。すぐに布製の肩掛けバッグに入れ、『陽だまり荘』に届けようと玄関に向かった。

――光江、さあ、行こうか。

ふと憲吉の声が背中に響いたような気がした。まだ作り立ての柏餅の温かさがバッグの外側まで染み出ている。そっとふれると光江はその心地よい感触に胸が震えた。光江は満ち足りた思いで、後ろを振り向いた。

戸外に出ると真昼の太陽が注ぎ、いつの間にか秋風が冷たさを運んできたが、光江の胸はいつになく穏やかで温かかった。

# 汀《みぎわ》に立つ

一

　膝が震え、身体全体が小刻みに揺れていると感じる感覚が野田結衣の頭の片隅に芽生え始めていた。

　底冷えのする一月の夕暮れではあるが、足元から這い上がってくる寒さのせいではない。胸の鼓動もしだいに大きく鳴り響いてきた。もしかしたら、とんでもない失態を見せてしまったのかもしれないと結衣は不安になった。だが、一方で不透明な事柄を暴こうとするのに少しも遠慮はいらないのだという声も内側から聞こえてくるのだった。

　湘南第一小学校の会議室で定例の職員会議が行われていた。前方の黒板を背にして、校長、教務主任及び司会の三人が緊張した面持ちで座っている。とりわけ教務主任の佐伯雅史の顔が異様に引きつっている。早々に話し合いを打ち切った段階で、唐突に手をあげた結衣をひと睨みすると、司会の佐々木洋子に耳打ちした。佐々木は何度かうなずくと、急に静まった三十二名の教職員に眼を泳がせて言った。

「野田先生、どうしても今、言いたいことがありますか。もう、時間も残り少なくなっています。次の議題に進みたいのですが」

　まず結衣の方を向き、先刻の議題は終わっているので、もう打ち切りたいのだと強調した。提案が終わった段階で、すぐに手を挙げなかった結衣を暗に責め立てる気持ちがにじみでている。議題がいつもより多いという理由で、提案者の佐伯の説明も簡単すぎていたし、例年と変わる個所の説明も曖昧であった。とにかくこの案をこのまま押し切ろうという気配が濃厚だった、結衣はどう発言しようかと迷っているうちに討議が打ち切られたかたちで進行していたのだった。

「すみません。さっきは考えていて発言時期を逃してしまいました」

「それは、野田先生の責任だと思いますが、でも大切な意見ですか。学校全体にかかわるような……」

「はい、新入生の入学説明会は二月末です。今日がタイムリミットだからこそ、今、話し合っておきたいのです。新入生にかかわることは学校全体の問題ではありませんか」

いくらか動揺していても、結衣は佐々木にきっぱりと言い切った。声が微かに震えた。

「困りましたね。みなさんはどうでしょう」

急に静まった教職員らに顔を向け、佐々木は首を不安げに動かしながら緊張しているためか、かすれ声で呼びかけた。

これ見よがしにため息をつく者、急に咳き込む者以外誰も応答はなく、一様に眼をそらし、この事態をうまくやり過ごそうとうつむいているように見えた。重苦しい澱んだ空気が辺りを覆い始めている。室内の後方にあるエアコンが音を立てて暖かい風を吹きかけてはいたが、結衣の膝の震えは収まらなかった。

会議室の灰色の事務机が蛍光灯の鈍い光を浴びて、白っぽく反射している。

結衣はふと、この場から自分の存在を消し去ってしまいたいという衝動を覚えた。自分にとっては悩んだ末の行動だったが、やはり手を挙げても無駄だったのだと思わずにはいられなかった。

「では、みなさん。特に異論はないようなので、先に進めてもよろしいですね」

佐々木は結衣の方は見ずに、ここは強引に進めようとことさらに語気を強めた。

結衣は挙げた手を一度下ろしていたが、佐々木の高圧的な態度を目の当たりにすると、怒りを覚えて反射的に立ち上がった。

「いえ、待ってください。先程の『入学のしおり』は単に新入生の問題だけに終わらない内容を含んでいます。特に持ち物、服装の箇所では『湘南小スタンダード』と見慣れない記述がされています。説明では望ましいあり方という意味あいで使っていると言われましたが、この『スタンダード』という言葉は今まで一度も全体で話し合われていません。また上履きの記名が気になります。今までは児童が靴を履いた状態で、自分も名前を確認できるように記名していました。互いに靴を間違えないようにするためです。

ところが、今回は教師や大人が児童と対面した状態ですぐにわかるように逆の向きに書くとあります。在校生とは逆の記名の仕方です。これもなぜそうするのか、まったく説明はありません。これらのことを話し合ってほしいのです」

一気に言い終わると結衣はうつむいて席に座った。折り畳みのパイプ椅子が微かに軋んだ音を立てた。

「野田先生、そんな細かいことをいちいち話し合っていてはきりがありません。上履きにはどこかに名前さえ書いてあればいいので、そんな話し合いは必要ないでしょう。これでよしとしてください」

佐伯がいかにも面倒くさそうに結衣を睨むと、せかせかと早口でまくし立てた。安西仁志校長は眉をひそめて成り行きを見守っていたが、鋭い視線を結衣に向けて言った。

「つまるところ、野田先生はどうしたいんだね。逆に聞くが、対面の状態で名前を書くことがなぜ不都合だと言うのか、もっとはっきり言ったらどうかね」

安西の言葉が、矢のように結衣の胸を鋭く刺した。予期しない突然の質問に結衣は口ごもった。それでも自分がためされていることに気づくと、力をふりしぼって立ち上がり、口を開いた。

「ええ、あの、つまり……そのう、違和感があるっていうか、わたしなら、そんな上履きを履いたときにえっという感じがして、嫌だなと思うんですが……」

急に力の抜けたような言い方に、何人かの席から薄笑いやどよめきが起こった。ざわざわと落ち着かない空気が全体に流れ広がった。

即座に佐々木が場の雰囲気を読んで、先に進めようとした。

「みなさん、お静かに。では次の議題に移りましょう。資料の五ページを広げてください」

――ああ、終わった。

結衣は思わず眼をつむった。気まずい空気が結衣を襲う。これ以上、佐々木とは言い争いたくない。自分が孤立していることをますます際立たせることにつながると思えた。

――もう万事休すだ。

「ちょっと待ってください、佐々木先生。確かに時間が差し迫っていますが、こんな風に発言者の意見を無にしてはどうかと思います。それに野田先生の意見は、いわば進行についての緊急動議的な内容です。やはり話し合いのルールはきちんと守るべきではありませんか。わたしも佐伯先生の説明が早すぎると思いました。もう少していねいに話し合ってもいいのではありませんか」

突然立ち上がって、司会を牽制したのは、松下美保である。結衣とは昨年、二学年を一緒に組んだ間柄であった。松下の柔らかな物言いは場の空気に自然と溶け込み、爽やかな提言として受け入れられたようだった。

「校長先生、どうしますか……」

佐々木は困って、とうとう校長に伺いを立てた。安西はあと数年で退職を迎える。普段から職員の和を大切にしたいと明言してきていた。佐々木にうなずくと、照れくさそうに微笑んだ。まあ、気は進まないが、適当にまとめなさいというときの彼の癖である。

「わかりました。松下先生、うなずいている方も多いので、上履きの記名について意見を今から求めます。ただし、時間がおしてますので簡潔にお願いします」

佐々木が言い終わると、松下は前に出てきて黒板に上履きの絵を上向きに置いたものと下向きに置いたものを描いて示し、『まつした』とひらがなで記名して見せた。

「絵にかくと一目瞭然ですが、児童が履いたときの目線で考えると今までの方が左から『まつした』と素直に読めます。ところが、逆にして書いた方は児童が履くと自分ではひらがながさかさまになり、すぐには読めません。対面した大人や教師にはすぐに読めるのですが、一年生の児童にはやはり不都合ではないかと思います。苦し紛れに『たしつま』と読む児童さえ出るのではないかと思われます。野田先生はこれが、えっと言う違和感だったのではないでしょうか」

佐伯があっと驚いた顔を向けた。

なるほどねえ、そういうことだったのというどよめきが起こり、悄然と座ったままうつむいている結衣にも、柔らかな視線が向けられた。佐々木が取り澄ました顔を向けて発言した。

「松下先生、この上履きの件はもう一度教務の方で再検討して提案します。それで、野田先生もみなさんもよろしいですね」

「はい、お願いします」

結衣は佐々木に応えて言った。

その後、佐伯と佐々木は相談し合って会議をまとめていった。

結衣は松下の発言に何度も何度もうなずいていた。自分の言いたかったことはまさにこういうことだったのだという思いが溢れ、我知らず胸をつかれたのだった。

二

「ちょっと、話さない。野田先生」

松下が結衣の教室の前で立っていた。

新入生の上履きの記名をめぐってもめた職員会議から二日経っていた。外は木枯らしが吹いて、夕暮れの色が濃くなっている。

「いいですけど。今、教室を片付けて、もうそろそろ帰ろうかと思っていました」

すでに教室はきれいに片づいているし、明日の準備は万端のようである。

「野田さんの教室はさすがね。いつもきれいにしてあって感心だわ。子どもたちの生活感がにじみ出ているって感じね」

掲示物も学級全員のものが揃っているし、床には塵ひとつないように片づいていた。

「わたしね、先月の野田さんの国語の授業研究があったでしょ。あの時思ったんだけど、子どもたちがこの教室で、精いっぱい自分を出しているっていう感じがしたわ。誰が見てもよくやっていると思うんじゃないかしら」

「そんな、ほめ過ぎですよ。うちの子たちだってケンカはするし、問題は起こすし、いろいろありますから。授業の後の研究会でも滅茶苦茶文句を言われたじゃないですか。姿勢が悪いとか発言の仕方が指導されていないとか。もう気にしてないですけど……ところで松下先生の話ってどんなことですか」

「ああ、そうそう、よかったら帰りに駅前の喫茶店『止まり木』に行きませんか。そこでゆっくり話しましょうよ。時間とれるかしら」

松下は気軽な調子で微笑みながら、きりだした。

「いいですよ。その喫茶店なら、わたしも一度、行ったことがあります。レトロな感じがいいですよね。駅からすぐですし」

松下は結衣よりも二五歳も年上で、今年五二歳である。おおらかで学年主任を何年も務めている大ベテランの先輩であった。いつも生き生きと動き回っていて若々しく、ていねいな話し方は校内でも好感を持たれている。

先日の職員会議で、結衣がもうあきらめかけたときに松下が手を挙げ、筋を通してフォローしてくれたことはまだ記憶に新しい。その折の嬉しい気持ちは今も忘れてはいないが、できるならば自分が打ちのめされる前に発言してほしかったと結衣は思わずにはいられなかった。その後、一年生の上履きの記名は、在校生と同じにすると佐伯が再提案したし、『スタンダード』は新たに生活指導部会で話し合うと決定された。結衣の思う通りの結果になったのだからこだわらなくてもいいのかもしれないが、結衣のなかに釈然としない思いが残っている。何かの折に少し話し合いたいと思っていた矢先である。松下とは昨年一緒に学年を組んだことで、かなり突っ込んだ話もできる間柄であると常々考えていた。

結衣は今年、教師になって五年目の二七歳である。今までは管理体制の厳しい東京にいたが、いきなり二年目で当時問題の多かった五年生を持たされて、学級が荒れて居づらくなった。知り合いの校長に相談して、穏やかな気候の湘南第一小学校に翌年赴任した。結衣は三人姉妹の末っ子で姉二人に比べて口数も少なく、引っ込み思案な性格であった。三年前に定年退職後に病で倒れた両親を次々に亡くした。一緒に暮らしていた結衣が最後まで介護し看取るということもしてきたのだった。

痩せ型でやや小柄であったが、一重の瞳が涼しげな印象の結衣は普段は物静かだった。それでも最近は子どもたちの前では明るく活発に振る舞えるようになった。子どもたちに囲まれて過ごしているときが一番幸せだと感じられるようにもなったのである。

結衣の三年一組の教室は、校庭が見えない代わりに、裏側の緑道や公園が一望に見渡せる場所にあった。窓やベランダから、眼を凝らすと隣接している湘南第一中学校の白い四階建ての校舎が鬱蒼とした木々の間から見え隠れしている。真ん中を突っ切っている緑道の両側は池あり、花壇あり、湿地帯あり、公園ありと子どもたちにとっては格好の遊び場所になっていた。真冬も湘南地方はめったに雪が降らない温暖な気候で、湿地帯や池にはドジョウやザリガニが冬の間は隠れて住んでいる。

放課後、下校する子どもたちの笑い声が緑道に溢れて伝わってくる。結衣も思わず頬を緩めて窓から子どもたちの姿を眺めることが多かった。

「野田先生」

「ユーミン」

「結衣っち」

　など結衣の姿を見つけて、子どもたちは思い思いの言い方で手を振っては、笑顔を見せるのであった。


『焙煎珈琲・止まり木』珈琲店は「湘南海岸駅」の改札を出て、古くからの商店街が並んでいる一角にあった。向かいに図書館があり、小、中学生や高校生の姿も多くみられ、休日はとても賑わっていた。店は年代を感じさせる古びた木製のドアに湘南の海をイメージした銀細工の魚が飾られてあった。松下と結衣は連れ立ってドアを押して入っていった。夕暮れと言ってもまだ薄暗い時間であったので、客はまばらである。あと少し経つと買い物客や勤め帰りのサラリーマンで賑わうのだろう。店内は珈琲の香りがほのかに漂っている。

「いらっしゃい。おや、松下さん、久しぶりですね。いつも来てくださってありがとうございます」

初老の少し太り気味のマスター、海堂克己が、明るい声で迎えてくれた。上背があり、眉毛が濃く眼は小さいが、穏やかな性格をそのまま映し出しているような顔つきでカウンターに立っている。いつものようにラフなポロシャツと黒のエプロンというい でたちだ。

「ここの珈琲も自家製ケーキも美味しくて、ほんとは毎日来たいくらいだけれどそうもいかなくてね。マスター、野田さんは一度ここに来たことあるんですって」

「それはそれは、若い女性が来てくれて嬉しいです。野田さん、ぜひ、これからも来てくださいね」

マスターに紹介されて、結衣は恥ずかしそうに会釈した。

松下は窓際のテーブル席に座り、結衣も向かいに腰を下ろした。マスターが水を運んでくると、松下は、小声で注文した。

「いつものセットを二つ」

結衣の方を向き、弾むような声でささやいた。

「今日はわたしにおごらせてね。野田さん、珈琲でよかったわよね」

結衣は松下の穏やかな顔を見ると、疲れを忘れた。年は離れていても、本当の姉のような、どこか懐かしい親しみやすさを感じるのである。

マスターがポットに入った珈琲と本日のケーキで飾られたプレートを抱えて運んできた。プレートの上には小ぶりのマロンケーキとイチゴショートが一つずつのっていて、傍には小さめのホットケーキがホイップクリームを添えて盛られていた。

「わーっ、こんなに。食べられるかしら。松下先生」

結衣が驚いて思わず声を立てた。

「しーっ、これはね、マスターの特製セットなの。ここのクリームは甘さ控えめで、美味しいのよ。マスター、ありがとう。今日は大サービスね」

松下はいたずらっぽく小声で言った。

「いやあ、若い女性が来てくれたなんて嬉しいですからね。大サービスですよ」

克己も松下にならって、声を落として言った。

「早速食べましょう、結衣さん。ふふ、ここでは先生と呼び合うのはやめましょうね」

「ああ、そうでしたね」

しばらくはホットケーキを頬張ったり、珈琲を飲んだりして二人は楽しんだ。昨年、松下と一緒の学年の時はよく学年の先生方とこうやって、美味しいものを食べに行ったり、お茶しようと言ってみんなで集まったりして、楽しく盛り上がったことを結衣はふと思い出していた。今年の学年は残念なことに一年たってもほとんど楽しかった記憶はない。三クラスの学年だが、みんなバラバラで、帰りも別々に帰ることが多かった。改めて松下の度量の大きさに感謝する気持ちが膨らんだ。あらかたプレートの上のケーキ類がなくなると、松下は不意にまじめな顔をして話しはじめた。

「結衣さん、この前の職員会議、ほんとに疲れたでしょ。佐伯さんは有無も言わさず通そうとしていたのね。佐々木さんも普段はあんな人ではないんだけど、片棒担いでいたし。でも結衣さんはすごいわ。資料もしっかり読んでいたし、大切な問題提起をしたのだから」

はっとして、結衣は胸をつかれた。松下がこんなにすぐに真正面から自分のことを話題にしてくるとは思ってもいなかったからだ。

「でも、そうでしょうか。わたしはもっと準備してから発言するべきだったかも。佐々木さんの言う通りで、それは反省しています。きっとあんな言い方や挙手の仕方はよくないかもしれません。わたしも孤立感を感じてつらかったし」

「でもね、佐々木さんは提案が終わったら『何かありますか。ないようでしたら、次に進めます』と矢継ぎ早に言ったのよ。あれは司会の言葉ではないでしょ。考える間もないわけだし。結衣さんは当たり前のことを言っただけで、わたしは決して変だとは思わなかった。うなずいている人だっていた。それに……結衣さんの言ったことは大事な意味あいがあったのよ。『スタンダード』って、今いろんな学校で流行っているらしいけど、簡単に言えば子どもを一定の枠にはめて、それから外れる子どもは一律に見逃さず厳しくバッシングすると言うことなの。『ゼロトレランス』と言っている人もいるの。子どもを大切に育てるという考えとは根本的に違っている。子どもを考えさせ自立させるという指導観ではないの。子どもは一様ではないんだし、いろんな子がいて当たり前でしょ。みんな、互いに大切につながっていこうという人間らしい世界がそこから生まれるわけだから。それこそ発達障がい児や自閉症児なんかは有無も言わさず切り捨てられるのよ。ひどいわ」

松下は話しながら、だんだん怒りを覚えて熱が入ってきたようで、眼をうるませている。

「ええっ、そうなんですか。『スタンダード』って『望ましいあり方』なんてスマートでよさそうに提案していましたが、そんな深い意味が隠されていたなんて……驚きました」

結衣は松下のわかりやすい説明を聞いているうちに、寒々としていた心がしだいに心地よく温まってくるのを感じた、自分が惨めだったという思いが少し払拭されたような気さえした。松下は結衣に深くうなずくと、さらに続けた。

「上履きを教師が指導しやすいように名前を書かせるという発想も同じ。対面して厳しく怒鳴りつけることが指導だという感じが透けて見えてくるわ。子どもに見える向きで書いてあっても教師が子どもの側に立ち、寄り添って名前を見ればいいわけでしょ。人が人を育て教えるというのはそういうことでしょ。頭ごなしに叱るのが指導ではないのだから。だから、『名前はどこに書いてあってもいいじゃないか』という佐伯さんの発言はまったくおかしい。問題のすり替えと言ってもいいことよ。結衣さんは子どもの目線で感じて、違和感と言ったけど。あなたは自覚してなかったかもしれないけど、実は大切な教育の問題を提起していたのよ。そのことに気づいたのだからすごいことなの。結衣さんはやっぱり、いいセンスをしているわ」

松下は早口で次々と説いていった。

「でも、あのときは松下さんが後をきちんと続けて深めてくださったからよかったんです。そうでなかったらわたし、恥ずかしくて消え入りたい気がしてました」

あのときのことを思い出すと結衣は胸がえぐられるように苦しくなった。眼をうるませてうつむいた結衣に向かって松下は言った。

「実はね、また一つ許せない問題が教務部会で持ち上がっているの。来年から少人数指導を算数に導入するという話、結衣さんも学年で聞いているでしょ」

松下も学年主任だったから教務部会に参加している。

「ああ、算数の時間だけクラスを一つ増やして、少ない人数で授業をやり、学力を上げるという話ね。なんか学年で聞いた限りでは、人数が少ない方が効果があがるし、教師も楽になるのかなと思いましたが……」

「ところがクラスを能力別、習熟度別とも言っているけど編成するようにと上から言われてきているのよ。そんなことしたら、できない子は差別され、被害者意識が強くなるし、できる子はエリート意識が生まれてクラスが分断されてしまうでしょう。クラスが荒れたり、互いに協力し合う力が育たなくなるのに」

「それって、できる子はずんずん先に進めていいですけど、逆にできない子はできない子ばかりが集まって授業するなんてものすごく大変じゃないですか。いじめだってなおさら起こりそうです」

　結衣は算数の苦手な子どもたちの顔を思い出してとても不安になった。

「能力別でなく、ランダムに分けるというやり方もあるのよ。単に学級が一つ増えるというイメージね。その方が教師もやりやすいし、子どもどおしで教え合いもできて、ぎくしゃくしないと思うんだけど、それを言わずにまた職員会議で一方的に習熟度別授業をすると効果があがると提案して、押しきろうとしているらしいの」

「ええっ、またですか」

結衣は思わず大声を出した。

「ええ、『上位クラス』『中位クラス』『下位クラス』と振り分けて指導するっていうわけなの。それって塾とおんなじで、下位クラスの子は悲しいじゃない。保護者だって反対すると思う。学校がそんな差別を押しつけてくるなんておかしいでしょ、結衣さん」

学級のなかで底辺にいる子どもたちの苦しみを管理職は考えていないのかと結衣も腹立たしく思った。

「ええ、わたしが子どもなら、絶対悲鳴を上げると思う。学校行きたくないって思うかも」

松下は怒りを鎮めるように、珈琲を静かに飲み干した。

「クラスでの学び合いや協力ができにくくなるし、そこで育っていく子どもはいびつになるとわたしも思います。まったくおかしいことは後から後からでてくるんですね。でもそれは反対しても、もう駄目なんでしょうか。やると決められているんでしょうか」

なんとかして子どもたちを苦しく追いつめるこのシステムをやめさせられないかと結衣は考えて言った。縋るような思いで松下を見つめた。

「そんなことないわ。あなたがこの前誰も手を挙げないときに、すっと手を挙げて立った勇気と頑張りを思えば、きっと変わっていく。誰かが先頭になって進めば、きっと道は開かれるの。でも、結衣さんはあのときつらかったから、もう言うのはやめたいと思っているかしら」

「ええ、本当はちょっと……思っています」

うつむいたまま結衣は言った。泣きそうになるのを懸命にこらえた。松下の視線が眩しくて眼を合わせられないと思えた。

「そうよね。結衣さん、わたしも以前そうだった。見て見ぬふりをしようと思ったこともある。でも、できなかった。自分を裏切ることだけはできなかった。誰にもわかってもらえないときもあったけど、おかしいことは言わずにいられなかった。ごまかしていたら、子どもの前に恥ずかしくて立てないと思えて。だって、子どもを守ってやれるのは教師だけだもの。そうでしょ、結衣さん」

「ぎりぎりのところに立つということですか」

自分が松下の切なそうな視線を浴びていることを感じて、結衣は顔をあげた。

「そう、ぎりぎりね……海辺で水際に立ったとき波が押し寄せてきたら、濡れるか、後ずさりするか考えるでしょ。真っ先にその汀《みぎわ》に立ったら、自分で決着をつけなければならないの。前に誰かがいればその人の後に続くこともできるけど。でも真っ先に立つことが何よりも大事。そこからあなた自身の道が開かれるのよ」

「………」

「でも、いつもいつも緊張するのも疲れるから、あなたのやり方でいいのよ。時にはゆったりしたいでしょ。だけど子どもが一番被害を被るの。それだけは忘れないで。ごめんなさい。わかりにくくて変な話になったわね」

ふと松下は時計を見て、驚いた顔をして立ち上がった。すでに一時間は過ぎていた。

「あら、もうこんな時間、すっかり話し込んでしまって。もう帰らないと大変。悪いけどこれで失礼するわ」

学年末で忙しい時期である。結衣でさえ仕事は山積みである。まして学年主任で忙しい仕事を数えきれないほど抱えている松下は、寝る暇もなく仕事をこなしていると校内でも噂をされている人であった。

「いいえ、こちらこそお忙しいのに、時間を取ってしまって申し訳ないです。でも松下さんの話を聞いて、わたし、すごく勇気が湧いてきました。ありがとうございます。こんなにご馳走にまでなってしまって」

「いいのよ。元気が出たなんて、とても嬉しいことだわ。何よりよ。結衣さん、じゃまた」

重そうなカバンを肩にかけて、手を振ると松下はレジまで急に走っていった。本当に急いでいるようだった。結衣も荷物を慌てて持つと松下の後を追った。会計を済まし、お釣りをもらった松下がふとドアの方へ向かおうとしたとき、「あっ」と声をあげて転倒した。

慌てて、結衣が追いつくと、松下はすぐに立ち上がり苦笑した。

「大丈夫よ。ごめんなさい。びっくりさせて。わたしったら、ほんとにドジね」

床にはお釣りの百円玉が二つ落ちたままである。うずくまり慌てて拾い上げようとする松下の指が痙攣していることに結衣は気づいた。なかなかつかめないことに苛立つ松下に結衣が拾って手に取り、まだ小刻みに震えている掌にのせた。

「ああ、結衣さん、ありがとう」

「松下さん、ほんとに大丈夫ですか……」

「ああ、大丈夫だから、結衣さん、実は今から医者に行くの。高血圧の薬だから心配ないけど最近忙しくて薬が切れていても行けなかったのよ……だから今日こそ、受付に間に合わないと」

服のポケットに百円玉を急いでねじ込むと松下は逃げるようにドアの外に消えていった。

三

立春も過ぎ、校内は卒業式の準備や学年のまとめで忙しくなり、結衣も学級の子どもたちと思い出文集づくりに取りかかっていた。

「ねえ、結衣、松下先生が検査入院で三日間お休みですって」

放課後の印刷室で文集の印刷をしていると、昨年一緒の学年だった桑野有希が結衣に耳打ちしてきた。

「えっ、ほんとですか。松下先生、どうしたのかしら。有希、心配ね。前から降圧剤を飲んでいらしたことは知っていたけど、大丈夫かしら」

松下の痙攣していた指を結衣は思い出して不安になった。

「そうなのよ。大きい声では言えないけど、きっと仕事が多すぎて身体を壊したんじゃないかともっぱらの噂よ。三日じゃ代わりの教員は来ないし。松下先生のクラスはまとまっているから自習もばっちりなんだけど、学年末の仕事がお手上げにならなきゃいいけどってみんな心配しているのよ」

有希は松下と同じ四年の担任の一人である。昨年は結衣も同世代の有希と話があうため、帰りに声をかけあって夕食を食べに行ったり、飲みに行ったりしていた。だが、今年は学年が離れてしまっていた。最近は校内の忙しさに追われて、二人でゆっくり話す時間もなかった。

「ねえ結衣、今日の職員会議、算数の少人数指導のこと、話し合うらしいわよ」

眉をひそめて有希は言った。

「この前の学年会に佐伯先生が来て、『この習熟度別のシステムはもう決まっているから意見は言わなくていい。子どもの学力アップには絶大な効果があがるから教師も楽になるよ』と言うのよ。何だか嘘っぽかったけど」

「でも松下先生は何か言われたでしょ」

「そう、できる子、できない子と分けて授業するなんて、とんでもない差別教育だって言われてた。そしたら、おかしいのよ。佐伯先生はたじたじになってしまって、すぐに帰ってしまったの。きっと、後ろ暗いところがあるんじゃないかと思ったわ」

そのとき、会議の始まりの放送が入った。

「あーあ、この忙しいときにまた会議なんて、ほんとに嫌だ。じゃね、結衣、仕事が一段落ついたら、たまには飲みに行こうね」

結衣がうなずく前に、有希は慌てて踵を返すと、会議室に向かった。

結衣は気が重かった。有希の後ろ姿を必死に眼で追いながら会議室に向かった。いまにも涙がこぼれそうである。頼みの綱の松下は今日はいない。もう誰も期待できないのだ。ひとり眼をつむって、ひたすら会議の終わるのを待つしかないのだろうか。昨日の学年の先生たちとの話し合いで、結衣は完全に敗北感に打ちのめされていた。

足を急がせながら、ふとその時のことを結衣は思い出していた。

「まあ、どの学校でも習熟度別の少人数指導はやっていることらしいさ。第一小は校長がのんびりしていたから、曖昧にしてやってこなかったらしいよ」

教務会の話し合いを報告すると、学年主任の岡崎正人がため息をついて言った。

「でも習熟度別で分けるなら、レベルが同じになるから、授業しやすくていいじゃないか」

結衣より二歳年上の松本浩司が結衣に視線を向けながら明るく笑いかけた。

「でも……」

「え、野田先生は反対なの」

岡崎が急に鋭い視線を向けてきた。

「ええ、いいように聞こえますが、実際にはできる子、できない子に振り分けるわけだから、できない子は悲しいし、子どもどおしはすごくぎくしゃくすると思います。だから、単純にランダムに分けて、四クラスに編成すれば、人数は少なくなって指導はしやすくなるから、そういう分け方にした方がいいと思ってます。習熟度別編成は反対ですね」

「ああ、教務会でも松下さんが、同じようなことを言っていたよ。でもほとんどの人たちは佐伯さんの案に賛成だったんだ」

「そうですか……やっぱり」

岡崎は暗に君は少数意見だと強調しているのだった。

「でも、野田さんは明日の職員会議で反対意見を言ったらいいんじゃないか。そういう意見だって大事だと思うよ。あ、だけど僕は習熟度別に賛成。もし問題があればまた来年検討して変えていけばいいんだし」

松本はうつむいている結衣を見つめ、平然と言い放った。

「野田さんに聞きたい。もし習熟度別に決まったら、君はどうするつもりなの」

岡崎の太い声が響いた。

結衣の学年は男性教師が二人で、女性は結衣一人である。二対一でこの一年間は結衣のほとんどの発言は取り上げられなかった。

「あの……わたしは」

結衣は重い口を開いた。

「まさか、君、退職するって」

「いえ、そうじゃなくて、できない子が集まるクラスを受け持ちます。できればですが」

「だけど、実際にはできない子がわんさか集まるクラスは、ベテランや力量のある人でないと大変だろうね。それでもやるつもりか」

岡崎は本気ではないだろうという口ぶりで笑った。そこへ松本が割り込んで言った。

「でも、岡崎先生、逆にもともとできないんだからと、子どもも居直ってゆっくりペースで楽しむんじゃないんですか。今だって、どのクラスも暴れたり、勉強を邪魔する子がいるんだし。大変だと思うな。そういう子たちを落ち着かせて授業するなんて、僕には想像できないな」

松本は最初から自分がそんなクラスを担当するとは思いもしないで言っているのだった。こんな風にできない子らは疎んじられ、差別されていく風潮が大人の世界でもあるのに、ますます子どもたちに対する差別感は、深まるのではないだろうかという寒々とした思いが突き上げてきて、結衣を暗く寡黙にさせた。

会議室に入ると、結衣は我に返って、有希の隣に腰を下ろした。有希が眼で合図してきた。やはり忙しい時期で欠席や出張が多く空席が目立った。

ほとんど意見が出ずに議題はどんどん進んで行く。最後の算数の少人数指導についての提案は佐伯がしたが、司会者も疲れている風でそのまま論議なしで終えようとしたたとき、結衣は一言でも言わなければという思いで、とにかく手を挙げた。反対理由を述べたが、その後、誰も発言がない。松本は結衣に気遣ったのか、珍しく挙手した。

「僕は習熟度別指導は賛成だけど、野田先生の意見は大切な意見だと思うので、他の人の意見を聞きたいと思います」

一瞬、ざわざわとしたが、特別手を挙げる人もいない。結衣は下を向いたまま唇を噛みしめて耐えた。

張りつめた沈黙のなか、松本は再び立ち上がって発言した。

「では意見はないようですが、もし習熟度別に決まったら、来年度やってみて、教務部会の方で問題があるか検討し、全体で話し合う時間を設定してほしいです。野田先生の言っているできる子、できない子のギャップが拡大し、差別感が強くなるのか、本当に学力がアップするのか調査して、考えたらいいと思います」

松本がなぜ、こんな風にこだわって発言するのか結衣にはまったくわからなかった。

――わたしを励ます発言だろうか。いや、佐伯や司会者にへつらっているのか……。わたしと対抗しているつもり……それとも……。

結局、結衣の後を続いて意見を述べる人はその後一人も現れなかった。

いくら職員会議で決まっても、実際に実践するのはわたしたち担任なのだ。みんな、できない子を集めたクラスをどうやって指導するというのだろう。問題を抱えている子どもたちは、担任との親密な関係を築いてきたからこそ、担任の言うことに耳を澄まして、何とか授業でも、できるところは参加してきているのだった。好き嫌いの激しい自閉症気味の子だってているのだ。ひとクラス、三五人をひとりの先生が授業するのも大変だが、リーダーの子どもたちが、彼らと心をつなぎあいながら、やっているからこそできているのに。

授業に乗らない子たちを一か所に約二四人も集めて、担任はなすすべもなく立ちつくしてしまわないのかと結衣は不安でいてもたってもいられない気持ちだった。

どれくらいの時間が過ぎたのだろう。ふと結衣が気がつくと、すでに会議室は誰も残っていない。結衣はうつむいて涙を流しながら、気持ちの動揺が収まるのを待っていた。会議の終わりを耳にしていたが、呆然と座っていた。隣にいた有希もいつの間にかかき消えている。この忙しいときに会議を長引かせ、混乱させた自分に憤慨して立ち去ったのかもしれなかった。結衣にもし力が残っているとしたら、自分に正直に手をあげ発言したという微かな達成感だけが胸の奥の深いところで、炎のように熱く燃えているためであった。

結衣は渾身の力をふりしぼって、立ち上がった。折り畳み椅子が、あの日と同じ悲鳴のように、微かな軋みをたてた。

——松下さんが、もしいたら、状況は変わっていただろうか……。

会議室のドアを開け、結衣は一歩踏み出した。辺りは夕闇が迫り、廊下は暗く沈んでいる。緊急灯の赤い光だけが煌々とついている。ふと物音もしなかった寒々とした廊下に、立ちつくしている二つの影を結衣は見い出した。一つは近くに、もう一つは少し離れて見える。

——えっ、松下さん……まさか。

結衣の姿を認めると、何も言わずに痛ましそうに駆け寄ってきた一つの影は有希だった。

結衣の手を取るとギュッときつく握った。

「ごめんね。結衣。ほんとはわたしも言おうと思っていたのに、どうしても言えなかった。校長も佐伯先生もにらんでいたし、それを見て身体が硬直してしまった。結衣に悪いことをしてしまった。結衣が言うと知っていたのに、わたしは……わたしは役に立たなくてごめんなさい」

有希は涙ながらに訴えた。

「いいのよ。有希。気にしないで。どっちにしろ、わたしたちは傷ついて、流されていくしかないのだから」

「結衣。そんな悲しいこと言わないで、一緒に帰ろう。今日は、もう仕事はしたくない。美味しいものでも食べに行こうよ」

「ああ、有希、ありがとう。そうするよ。わたし、とても疲れちゃった」

結衣は思わず微笑んだ。話を聞いてくれる仲間がいて本当によかったと思えた。

「じゃ、職員玄関で待ってるよ」

有希は結衣の肩をたたくともう一度「お疲れ」とささやいた。

その後方にもう一つの影が見える。結衣がゆっくり近づくと松本の姿が映った。

「松本さん、いったいどうして」

結衣は松本の前に立ちはだかって言った。

「結衣さんは怒っているかも知れないね。僕はあれしか言えなかった。何か言うと、岡崎や佐伯が僕を呼び出して『野田に洗脳されるんじゃない。アカの松下とつながっているぞ』と言うんだ。でも今回は我慢できなかった。僕もやっぱり、おかしいと思うことは言おうと思ったんだけれど……中途半端な言い方しか言えず済まない。このことが言いたくて待ってたんだ。じゃ」

早口で言うと、松本は背中を向けて立ち去った。しだいに小さく薄闇に溶け込んでいく影を、結衣は驚いて呆然と見つめている。

廊下の突き当りの階段の前に立ったとき、松本はもう一度結衣の方を振り返り、激しく手を振った。

——そういえば……あの時も。

松本は学年内では、いつも岡崎とつるんで離れなかったが、あるとき結衣が学年集会で、大切な本を教室に置き忘れて話すことができずに困っていたとき、自分の持っていた本をそっと渡してくれたことがあった。普段の松本とは思えない素早い機転であった。子どもたちの前で恥をかかずに済んだことに結衣は心から感謝した。そのとき、ふっと温かい風に包まれたように思ったことを結衣は鮮やかに思い出した。


有希も松本も去り、誰もいなくなった薄暗い廊下に、身じろぎもせずにたたずみながら、結衣は松本が消えた階段の奥から、温かい風が吹きつけてくるような気配を感じて、胸が熱くなった。結衣は静かに闇に沈んだ廊下を歩いて行った。

突き当りの階段に差しかかったとき、はじめて松本が結衣のために点けたままにしておいてくれた灯りが煌々と輝いて辺りを照らしていることに気づいた。

その温かな光のなかを、結衣は胸を張って階段を駆け登った。

# あとがき

記憶をめぐる五つの物語は登場人物たちが、それぞれ自分たちの生活世界で懸命に生きて、つらいことも悲しいことも乗り越えて喜びを見出しつつ進み、それをまた何度でも繰り返し、繰り返し続けていく物語です。そういう意味ではどれも終わりのない「エンドレス」な物語だと思っています。

また、わたし自身の日常の生活を思い返してみると、思いっきり嬉しいことがあってもまたすぐに心寂しくなったりするなど、人の心ほど不確かで繊細に形を変えて生き続けるものはありません。その時々の心の揺れのなかにある確かな煌めく瞬間をとらえて、それを一つのよりどころにして生きていくものだという気がしています。

その人にとっては心がおどる一つの大切な記憶――そういうことに突き動かされて生きている人も現実にいるのだということをあえて、形にして表現したいと思いました。

また、誰もが忌み嫌うようなつらい過去の記憶も、多くの人たちの共通の願いによって、世の中を変えていこうとする力になり得るのだということも未来へのメッセージとして残したいと考えました。

五つの物語はそれぞれ主人公たちがどう生きていくのかという姿を鮮やかに映しとりたいと願って書きました。まだまだ不十分なところもたくさん見受けられますが、一つでも読者のみなさんの心に響く物語として伝えられたら、作者として、これ以上の喜びはありません。わたしもまたひとりの書き手として「エンドレス」であり続けたいと思います。

この本を刊行するにあたり、コールサック社の佐相憲一さんには懇切ていねいなアドバイスをいただきました。そしてわたしに新たな書く意欲と勇気を与えてくださったこと深く感謝申し上げます。

二〇一八年初夏

北嶋節子

# 『エンドレス――記憶をめぐる5つの物語――』刊行に寄せて

佐相　憲一（詩人・編集者）

〈つらいとき、傷ついたとき、人は自分を守ろうとして心にいっぱい棘を生やすんですよ。誰も近づいて欲しくないという気持ちになることもあるでしょうし〉

〈ときおりその棘を自分で抜かなければならないと思うこともありますね。でも、すぐにその棘を抜くことはできないんです。そんなときに、ありのままの自分のすべてを受け入れてもらえたら、気持ちが溶けてくるのではないでしょうか。凍りつく経験を重ねてきた人であればなおさらです。そういうきっかけをつくってあげられたらと思うのですが。なかなかそうはいかないです〉

〈わたしも実は棘を生やしている一人です。心がすさんで、「こんなこと何になるんだろう」「何であんなこと言ったんだろう」と思うことにしばしば遭遇するんですよ〉

〈薊の花は、私の大好きな花なんです。棘のいっぱいある葉や自分の身体に気づかずに、花は美しい赤紫でまっすぐに上を向いて咲いています。それを見ると他人事とは思えないんです〉

作品『薊《あざみ》の棘《とげ》』の登場人物の言葉だ。これこそ小説家・北嶋節子の根本思想であり、収録された五篇の作品に通底する深いテーマと言えよう。トゲは必死に生きる存在の無意識の自己防衛であり、それに対する内省は他者への共感にもつながり、わたしたちの複雑に入り組んだ日常社会生活の中で、人と人が心を開いていく認識の原点理解であるだろう。薊にとっても、棘が生きていく上で必要な自身の一部であるように、ひとりの寂しい人間存在にとっても、社会集団や人生の冷たい壁にぶち当たった時の、叫ぶようなトゲは痛々しくも切実なものである。この物語では、野宿者すなわちホームレスの人の心が象徴されているが、一般に誰の心にもあるだろう。

原爆被爆者の恋が回想され、関係者のいまが苦い『海の止まり木』、歳月を経て再会した女性同士の友情と思いがけない運命を描いた『ピュアホワイト』、遠い日の故郷、家族、寄る辺ない者たちの人生回想がせつない『見知らぬ女』、前述の『薊の棘』、迫りくる時代の流れに小学校教育がさらされるのを防ごうと葛藤する若い女性教師と新たな出会いの『汀《みぎわ》に立つ』。時代と闘い、孤独を支え合う心の交錯にはトゲがいっぱい生えていて、それでもつながりを大切にしたいという作者の強い思いが、悲しい物語を底の方で救っている。

『エンドレス』な人間模様の物語には、現代社会の深淵と人間本来の何かへの鋭く温かいまなざしが生きている。

北嶋　節子（きたじま　せつこ）略歴

1950年横浜生まれ。37年間横浜市内で小学校教師として勤務。定年退職後、教育雑誌「生活指導」の編集の仕事に携わる。
全国生活指導研究協議会研究全国委員。
2010年『崖の下の花』（こうち書房）
2012年『とばない鳩』（こうち書房）
2013年『月虹　ナイトレインボー』（こうち書房）
2013年『ほおずきの空』（コールサック社）
2014年『暁のシリウス』（コールサック社）
2016年『茜色の街角』（コールサック社）

コールサック小説文庫

『エンドレス――記憶をめぐる５つの物語――』

2018年6月20日初版発行
著　者　北嶋　節子
編集者　佐相　憲一
発行者　鈴木比佐雄
発行所　株式会社 コールサック社
〒173-0004　東京都板橋区板橋 2-63-4-209
電話 03-5944-3258　FAX 03-5944-3238
suzuki@coal-sack.com　http://www.coal-sack.com
郵便振替　00180-4-741802
印刷管理　（株）コールサック社　制作部

＊装丁　奥川はるみ

落丁本・乱丁本はお取り替えいたします。
ISBN978-4-86435-343-4　C0093　￥900E